U0088403

雅典文化

MP3

Maybe,美比你一定會愛死的

Useful English Vocabulary

★英文保證班．用英文溝通★

沒學過音標？沒關係！
看不懂文法？沒關係！
單字老是背不起來？沒關係！
藉由中文，引導英文發音，
不必出國、不必花大錢補習、
不必死背英文、
就可以說得一口流利的英文！

張瑜凌/編著

Phonics 自然發音規則對照表

看得懂英文字卻不會念？還是看不懂也不會念？沒關係，跟著此自然發音規則對照表，看字讀音、聽音拼字，另附中文輔助，你就能念出7成左右常用的英文字喔！

自然發音規則，主要分為子音、母音、結合子音與結合母音這四大組。

第1組 — 子音規則

【b】貝 -bag 袋子	【c】克 -car 車子	【d】的 -door 門
【f】夫 -fat 肥胖的	【g】個 -gift 禮物	【h】賀 -house 房子
【j】這 -joke 笑話	【k】克 -key 鑰匙	【l】樂 -light 燈光
【m】麼(母音前) -man 男人	【m】嗯(母音後，閉嘴) -ham 火腿	【n】呢(母音前，張嘴) -nice 好的
【n】嗯(母音後) -can 可以	【p】配 -park 公園	【qu】擴 -quiet 安靜
【r】若 -red 紅色	【s】思 -start 開始	【t】特 -test 測驗
【v】富 -voice 聲音	【w】握 -water 水	【x】克思 -x-ray X光
【y】意 -yes 是的	【z】的 -zoo 動物園	

第2組 — 母音規則

短母音

【a】欸(嘴大) -ask 詢問	【e】欸(嘴小) -egg 蛋	【i】意 -inside 裡面
【o】啊 -hot 熱的	【u】餓 -up 向上	

長母音

【a】欸意 -aid 幫助	【e】意 -eat 吃	【i】愛 -lion 獅子
【o】歐 -old 老的	【u】物 -you 你	

第3組 — 結合子音規則

【ch】去 -chair 椅子	【sh】噓 -share 分享	【gh】個 -ghost 鬼
【ph】夫 -phone 電話	【wh】或 -what 什麼	【rh】若 -rhino 犀牛
【th】思(伸出舌頭無聲) -thin 瘦的	【th】日(伸出舌頭有聲) -that 那個	【bl】貝樂 -black 黑的
【cl】克樂 -class 班級	【fl】夫樂 -flower 花朵	【gl】個樂 -glass 打破
【pl】配樂 -play 玩耍	【sl】思樂 -slow 慢的	【br】貝兒 -break 打破
【cr】擴兒 -cross 橫越	【dr】桌兒 -dream 夢	【fr】佛兒 -free 自由的
【gr】過兒 -great 優秀的	【pr】配兒 -pray 祈禱	【tr】綽兒 -train 火車
【wr】若 -write 寫字	【kn】呢 -know 知道	【mb】嗯(閉嘴) -comb 梳子
【ng】嗯(張嘴) -sing 唱歌	【tch】去 -catch 捉住	【sk】思個 -skin 皮膚
【sm】思麼 -smart 聰明	【sn】思呢 -snow 雪	【st】思的 -stop 停止
【sp】思貝 -speak 說話	【sw】思握 -sweater 毛衣	

第4組　結合母音規則

【ai】欸意 -rain 雨水	【ay】欸意 -way 方式	【aw】歐 -saw 鋸子
【au】歐 -sauce 醬汁	【ea】意 -seat 座位	【ee】意 -see 看見
【ei】欸意 -eight 八	【ey】欸意 -thay 他們	【ew】物 -new 新的
【ie】意 -piece 一片	【oa】歐 -boat 船	【oi】喔意 -oil 油
【oo】物 -food 食物	【ou】澳 -outside 外面	【ow】歐 -grow 成長
【oy】喔意 -boy 男孩	【ue】物 -glue 膠水	【ui】物 -fruit 水果

第4組 — 結合母音規則

【a_e】欸意 -game 遊戲	【e_e】意 -delete 刪除	【i_e】愛 -side 邊、面
【o_e】歐 -hope 希望	【u_e】物 -use 使用	【ci】思 -circle 圓圈
【ce】思 -center 中心	【cy】思 -cycle 循環	【gi】句 -giant 巨人
【ge】句 -gentle 溫和的	【gy】句 -gym 體育館	【ar】啊兒 -far 遠的
【er】兒 -enter 輸入	【ir】兒 -bird 小鳥	【or】歐兒 -order 順序
【ur】兒 -burn 燃燒	【igh】愛 -high 高的	【ind】愛嗯的 -find 找到

小試身手一下

現在的你，可以運用上述自然發音的規則，試念以下這些句子：

- Anything wrong?
- It's time for bed.
- Let's go for a ride.
- May I use the phone?
- Nice to meet you.
- That sounds good.
- I feel thirsty.
- Turn off the light, please.
- May I leave now?
- Here you are.

CHAPTER

01

單字篇

CHAPTER

02

片語篇

CHAPTER

03

短語篇

CHAPTER 01
單字篇

I 愛我

I am not really interested in your ideas.
愛 M 那 瑞兒裡 因雀斯特的 引 幼兒 愛滴兒斯
我對你的點子一點興趣都沒有。

I'll do that right now.
愛我 賭 類 軟特 惱
我馬上去做。

I changed my mind.
愛 勸居的 買 麥得
我改變想法了！

深入分析：

I 所對應的 be 動詞，若是現在式則是 am，反之，過去的時間則為 was。若是動詞後方的受詞則為 me。

應用會話：

A : You make me proud.
優 妹克 密 撲勞的
你讓我很驕傲！

B : You really think so?
優 瑞兒裡 施恩客 蒐
你真的這麼認為？

you
優
你

You are exactly right!
優 阿 一日特里 軟特
你說得太對了！

You can drop me around the station.
優 肯 抓 密 婀壯 勒 司得訓
你可以讓我在車站下車。

深入分析：

you 的受詞也是 you。be 動詞不論複數或是單數，若是現在式，都是使用 are，過去式則是 were。

應用會話：

A : Let me drive you to see a doctor.
勒 密 轉夫 優 兔 吸ㄜ 搭特兒
我開車送你去看醫生吧！

B : No, thanks.
弄 山克斯
不用了，謝謝！

he
ㄏㄧ
他

He is at a meeting.
ㄏㄧ 意思 ㄟ ㄜ 密挺引
他在開會。

He only cares about himself.
ㄏㄧ 翁裡 凱爾斯 爺寶兒 恨塞兒夫
他只會在意自己。

深入分析：

he 是指單數男性，若是女性，則為 she。he 和 she 受詞分別為 him 和 her。be 動詞則都是 is。

應用會話：

A : How is Jenny?
好 意思 珍妮
珍妮好嗎？

B : She is good.
需 意思 估的
她很好。

they
勒
他們

They are adorable.
勒　阿　阿都若伯
他們好可愛！

They look nice.
勒　路克　耐斯
他們看起來都不錯。

深入分析：

只要是兩人以上的第三方，都用 they 說明。若是當事人的「我們」，則是 we，兩者 be 動詞一律是 are（現在式）和 were（過去式），受詞則分別為 them（他們）和 us（我們）。

應用會話：

A：Will you wrap them up separately?
我　優　瑞ㄆ　樂門 阿鋪 塞婆瑞踢特裡
能請你幫我把他們分開包裝嗎？

B：No problem.
弄　撲拉本
沒問題。

it

一特

它、這個、那個

It's not difficult to learn English.

依次 那 低非扣特 兔 冷 因葛立緒

學英文不是難事。

It's very hot today.

依次 肥瑞 哈特 特得

今天很熱。

深入分析：

it 雖然是指無生命的「它」或動物的「牠」。但有時 it 也可以表示人的意思。受詞則同樣是 it。

應用會話：

A : Are you David?

阿 優 大衛

你是大衛嗎？

B : Yes, it's me.

夜司 依次 密

是的，我就是！

this
利斯
這個

Who told you this?
乎 透得 優 利斯
這事是誰告訴你的？

Is this a present for me?
意思 利斯 ㄜ 撲一忍特 佛 密
這是給我的禮物嗎？

深入分析：

this 除了表示事或物，也可以表示「人」的身份（通常是使用在介紹或說明的情境）。複數則是 these。

應用會話：

A : This is my wife Susan.
利斯 意思 買 愛夫 蘇森
這是我的太太蘇姍。

B : It's nice to meet you.
依次 耐斯 兔 密 揪
很高興認識你。

that
類
那個

Who told you that story?
乎 透得 優 類 斯兜瑞
誰告訴你那個故事的？

Look at that.
路克 ㄟ 類
瞧瞧那個！

深入分析：

和前面的 this 一樣，that 也可以用代名詞表示「人」的身份。複數則是 those。

應用會話：

A : That is my girl.
類 意思 買 哥樓
那是我女兒。

B : She is adorable.
需 意思 阿都若伯
她好可愛！

what
華特
什麼

What am I supposed to do?
華特 M愛 捨破斯的 兔 賭
我應該怎麼做？

What color is your car?
華特 咖惹 意思 幼兒 卡
你的車是什麼顏色？

深入分析：

what是"什麼！"的疑問副詞，而"what+形容詞"也可以說明「多麼…」的意思。

應用會話：

A : What a beautiful rose.
華特 ㄜ 逼丟佛 螺絲
多麼漂亮的玫瑰花！

B : I don't think so.
愛 動特 施恩客 蒐
不會吧！

when
昏
什麼時候、何時

When will they come?
昏 我 勒 康
他們什麼時候會來？

When do you want to come?
昏 賭 優 忘特 兔 康
你想要什麼時候來？

深入分析：

when 不但適合「何時」的疑問副詞，**當作連接詞使用表示「當…時」的說明，例如**："Don't get excited when you talk."（**說話時別激動。**）

應用會話：

A : I got engaged to her when traveling last winter.
愛 咖 引給居的 兔 喝 昏 吹佛引 賴斯特 溫特
去年冬天旅行時，我和她訂婚了。

B : Congratulations.
康鬼居勒訓斯
恭喜你！

where
灰耳
哪裡

Where are you going?
灰耳 阿 優 勾引
你要去哪裡？

Where did you see David?
灰耳 低 優 吸 大衛
你在哪裡看見大衛的？

深入分析：

where 表示詢問地點的「在哪裡」，或是說明「在…地方」之意。此外，若是你在國外搭計程車，司機一定會問你的是："Where to?" 表示「你想要我載你去哪裡」的意思。

應用會話：

A : Where to, sir?
灰耳 兔 捨
先生，要去哪裡？

B : Taipei 101, please.
台北 萬歐萬 普利斯
麻煩去台北 101 大樓。

why
壞
為什麼

Why did you think so?
壞 低 優 施恩客 蒐
你為什麼會這麼認為？

Why do you say so?
壞 賭 優 塞 蒐
你為什麼要這麼說？

深入分析：

why 表示「為什麼」，主要是「詢問理由」、「說明原因」的用法，此外，若是否定式的詢問語句，則只要說 "Why not?"（為什麼不？）就可以。此外，"Why not?" 也具有「答應」、「許可」的意思，類似中文「有何不可」的反問語。

應用會話：

A : Could you help me with it?
苦 揪 黑耳ㄆ 密 位斯 一特
可以幫我一下嗎？

B : Sure. Why not?
秀 壞 那
好啊！有何不可！

date
得特
日期、約會

What date are we supposed to meet?
華特 得特 阿 屋依 捨破斯的 兔 密
我們應該要在哪一天見面？

I already have a lunch date.
愛 歐瑞底 黑夫 ㄜ 濫ㄘ 得特
我已經有一個午餐約會了。

深入分析：

一般來說，date 的約會可以是男女之間的約會，若是無關感情的約會，則使用 meeting 或 appointment。

應用會話：

A : How is your date?
好 意思 幼兒 得特
你的約會如何啦？

B : She didn't show up.
需 低等 秀 阿鋪
她人沒來。

today
特得
今天

Today is her birthday!
特得 意思 喝 啵斯帶
今天是她的生日！

Today is fine.
特得 意思 凡
今天可以。

深入分析：

today 除了表示名詞的「今天」之外，也可以有副詞的用法，表示「當代」、「目前」的解釋，用以和「過去」（past）做比較，例如："People are more worried today than ever before." 表示「現在的人比從前的人憂慮多了！」

應用會話：

A : This is a good idea.
利斯 意思 ㄜ 估的 愛滴兒
這個主意不錯。

B : You mean we can go to a movie today?
優 密 屋依 肯 購 兔 ㄜ 母米 特得
你是說我們今天可以去看電影囉？

tomorrow

特媽樓

明天、未來

Tomorrow is Sunday.

特媽樓 意思 桑安得

明天是星期天。

We are going to a party tomorrow.

屋依 阿 勾引 兔 ㄜ 趴捉 特媽樓

明天我們要去參加一個派對。

深入分析：

tomorrow 表示「明天」，那麼「明天晚上」怎麼說？千萬不能用所有格表示 tomorrow's night。其實只要在 tomorrow 後面加上 night 成為 tomorrow night 就可以了。

應用會話：

A : The day after tomorrow is my birthday.

勒 得 ㄝ副特 特媽樓 意思 買 啵斯帶

後天是我的生日。

B : What present do you want?

華特 撲一忍特 賭 優 忘特

你想要什麼禮物？

yesterday

夜司特得

昨天

I was off yesterday.

愛 瓦雖 歐夫 夜司特得

昨天我沒上班。

I saw him at yesterday's meeting.

愛 瘦 恨 ㄟ 夜司特得斯 密挺引

我是在昨天的會議上見到他的。

深入分析：

如果說「明天晚上」的英文是"tomorrow night"，那麼「昨天晚上」怎麼說？可不是"yesterday night"，而是"last night"（前一夜），"last"表示「前一個的」。

應用會話：

A : When did you last see him?

昏 低 優 賴斯特 吸 恨

你上一次見到他是什麼時候？

B : Last night. Why?

賴斯特 耐特 壞

昨天晚上。為什麼要這麼問？

tonight
特耐
今晚

Tonight will be very cold.
特耐　我 逼 肥瑞 寇得
今晚會很冷。

How about having a sandwich tonight?
好 爺寶兒 黑夫因 ㄜ 三得位七 特耐
今晚吃三明治如何？

深入分析：

既然已經知道「明天晚上」、「昨天晚上」的用法，你一定會好奇「今天晚上」怎麼說呢？很簡單，只要記住：結合 today（今天）和 night（晚上）的字面精神，成為 "tonight"，就是「今天晚上」的意思。

應用會話：

A：It's chilly tonight, isn't it?
依次 七里　特耐 一任 一特
今晚冷斃了，對嗎？

B：Yeah, but I like it.
訝 霸特 愛 賴克 一特
是啊，但是我喜歡。

morning
摸寧
早上、上午

Did David call you this morning?
低 大衛 摳 優 利斯 摸寧
大衛今天早上有打電話給你嗎？

What did you do in the morning?
華特 低 優 賭 引 勒 摸寧
早上你做了什麼事？

深入分析：

「一日之計在於晨」，每天早上應該是充滿精神地面對每一天的挑戰吧！若是特指某一個固定日期的早上，則片語通常用"on ＋日期＋ morning"，例如可以說"I'll call on a friend on Sunday morning."。

應用會話：

A : What do you usually do on Friday mornings?
華特 賭 優 右左裡 賭 忘 富來得 摸寧斯
你們星期五早上都在做什麼？

B : We usually go shopping.
屋依 右左裡 購 夏冰
我們經常逛街購物。

afternoon

ㄝ副特怒

下午、午後

We have no classes this afternoon.

屋依 黑夫 弄 克萊撕一撕 利斯 ㄝ副特怒

我們今天下午不用上課。

David often comes in the afternoon.

大衛 歐憤疼 康斯 引 勒 ㄝ副特怒

大衛下午常來。

深入分析：

要怎麼記 afternoon 這個單字呢？我們來拆字記憶：after 是指「之後」，noon 則是「正中午」，兩個單字加起來就是 afternoon，表示「下午」的意思，通常是指下午一點鐘到傍晚四、五點鐘的這段時間。

應用會話：

A : How about this afternoon? I'll pick you up.

好 爺寶兒 利斯 ㄝ副特怒 愛我 批課 優 阿鋪

今天下午好嗎？我會來接你。

B : This afternoon would be fine.

利斯 ㄝ副特怒 屋 逼 凡

今天下午可以。

evening
依附寧
傍晚、晚間

I'll do my homework in the evening.
愛我 賭 買 厚臥克 引 勒 依附寧
我將在晚上做我的作業。

Good evening.
估 依附寧
晚安。（晚上與人道別時用 Good night.）

深入分析：

evening，**可以表示「傍晚」或「晚上」的意思。例如天黑之後的見面打招呼的方式，就可以說** "Good evening." **表示「晚上好！」的意思。**

應用會話：

A : You'd better not go out in the evening.
優的 杯特 那 購 凹特 引 勒 依附寧
你最好不要在晚上出門。

B : Why not?
壞 那
為麼不可以？

night
耐特
夜晚

He had a car accident last night.
ㄏㄧ 黑的 ㄜ ㄎ A色等的 賴斯特 耐特
他昨晚發生車禍了！

I've been coughing day and night.
愛夫 兵 扣夫引 得 安 耐特
我早晚都在咳嗽。

深人分析：

和 evening 很類似的說法是 "night"，通常是指深夜。而在晚上的道別招呼用語，則是說："Good night."，表示「晚安！」

應用會話：

A : I can't stay anymore.
愛 肯特 斯得 安尼摩爾
我得要走了！

B : Sure. Good night.
秀 估的 耐特
好，晚安，再見！

time

太ㄇ

時間、鐘點、次數

What time is it now?

華特 太ㄇ 意思 一特 惱

現在幾點鐘了？

It took us a long time to go there on foot.

一特 兔克 惡斯 ㄜ 龍 太ㄇ 兔 購 淚兒 忘 復特

我們走了很長的一段時間才到那裡。

深入分析：

time若是指「時間」，因為你不能說「一斤時間」或「一塊時間」，所以是不可數名詞，不可以加上冠詞的形式，例如你要表達「沒有時間」，就可以說："have no time"。若是指「次數」，則為可數名詞，你可以說one time、two times、three times。

應用會話：

A：How many times did you do this?

好 沒泥 太ㄇ斯 低 優 賭 利斯

你做過幾次？

B：Three times, I guess.

樹裡 太ㄇ斯 愛 給斯

我想有三次吧！

late
涙特
慢的、遲到的

Hurry up, we're late.
喝瑞 阿舖 屋阿 涙特
快一點，我們遲到了。

I was late for school.
愛 瓦雌 涙特 佛 撕褲兒
我上學遲到了。

深入分析：

late表示「晚的」、「遲的」、「深夜的」，例如"be late for work"(上班遲到)，此外，late還有「已故的」的意思，例如"the late president"(已故的總統)。

應用會話：

A：When did you get home?
昏 低 優 給特 厚
你們什麼時候到家的？

B：We got home very late.
屋依 咖 厚 肥瑞 涙特
我們很晚才到家。

early
兒裡
提早的

Is it still early?
意思 一特 斯提歐 兒裡
還很早嗎？

The train was 10 minutes early.
勒 春安 瓦雌 天 咪逆疵 兒裡
火車早到十分鐘。

深入分析：

early 表示時間上的「早」，**此外**，early **也代表「不久的」、「很快的」，例如可以說**："an early reply"（**盡早的回覆**）**。俗諺「早起的鳥兒有蟲吃」，英文就叫做**："The early bird gets the worm."。

應用會話：

A：I'd like to see Mr. Jones.
愛屋 賴克 兔 吸 密斯特 瓊斯
我要見瓊斯先生。

B：You're early.
優矮 兒裡
你早到了。

name
捏嗯
名字、命名

Her name is Susan.
喝　捏嗯 意思 蘇森
她的名字是蘇珊。

May I have your name, please?
美　愛 黑夫 幼兒　捏嗯　普利斯
請問你的大名？

深入分析：

name 表示「名字」，**名詞和動詞的拼法是一樣的。類似動詞、名詞拼法相同的單字還包括：** pass、walk、look、exercise、help、talk... **等。**

應用會話：

A : What's her name?
華資　喝　捏嗯
她叫什麼名字？

B : They named the baby Jenny.
勒　捏嗯的　了　卑疪　珍妮
他們為嬰兒取名為珍妮。

everyone
哀複瑞萬
每個人

Does anyone like it?
得斯 安尼萬 賴克 一特
有人喜歡它嗎？

Everyone wants to attend the concert.
哀複瑞萬 忘斯 兔 せ天 勒 康色特
每個人都想參加音樂會。

深入分析：

everyone **指稱的是「人」、「生物」，表示「每一個人」、「每一個生命體」」的意思。一般來說，搭配的動詞是屬於單數用法。**

應用會話：

A：How is your family?
好 意思 幼兒 非摸寧
你的家人好嗎？

B：Everyone is fine.
哀複瑞萬 意思 凡
大家都很好！

someone
桑萬
某個人

You'd better ask someone to help you.
優的　杯特 愛斯克　桑萬　兔 黑耳ㄡ 優
你最好請個人來幫你。

Someone told me you were gone.
桑萬　透得 密　優　我兒　槓
有人告訴我你失蹤了。

深入分析：

又一個結合記憶法的單字：some + one = someone。
表示「某個人」的意思，some雖然具有「一些」的意思，但 someone 則沒有特定指哪一個人或哪些人。

應用會話：

A : Did I have any message?
低 愛 黑夫 安尼 妹西居
有我的留言嗎？

B : Yes. Someone left this for you.
夜司　桑萬　賴夫特 利斯 佛　優
有的。有人把這個留給你。

family
非摸寧
家人、家庭

How is your family?
好 意思 幼兒 非摸寧
你的家人好嗎？

She has a good family.
需 黑資 ㄜ 估的 非摸寧
她有個幸福的家庭。

深入分析：

family **可以泛指家人和家庭，一般來說都表示單數。**

應用會話：

A : How about your family?
好 爺寶兒 幼兒 非摸寧
你的家人好嗎？

B : Everyone is doing great.
哀複瑞萬 意思 督引 鬼雷特
每個人都不錯。

home
厚
家

On my way home I saw David.
忘 買 位 厚 愛瘦 大衛
在我回家的路上，我看到了大衛。

When will you be home?
昏 我 優 逼 厚
你什麼時候會回家？

深入分析：

"Home, sweet home." 是指「還是自己家裡好」，一般說來，泛指自己原生家庭或是目前所住的地方，都統稱為 home。例如你希望對方在你的家裡不要拘束、可以自在走動時，就可以說："Make yourself at home." 表示「把這裡當成你自己的家一樣不要拘束」。

應用會話：

A：It's pretty late now.
依次 撲一替 淚特 惱
現在很晚了。

B：Yes, it is. Let's go home.
夜司 一特 意思 辣資 購 厚
是啊，的確是！我們回家吧！

parent

配潤

父母親、雙親

Do you live with your parents?
賭 優 立夫 位斯 幼兒 配潤斯
你和父母一起住嗎？

Your parents do love you.
幼兒 配潤斯 賭 勒夫 優
你的父母真的是愛你的。

深入分析：

若是祖父母，則是grandparents（祖父母）或grandfather（爺爺、外公）、grandmother（奶奶、外婆）表示。順帶一提，丈夫和妻子的說法是husband/wife。

應用會話：

A : They are your grandparents after all.
勒 阿 幼兒 管安得配潤斯 せ副特 歐
畢竟他們是你的祖父母。

B : I don't care.
愛 動特 卡耳
我不在意。

father
發得兒
父親

My father bought me a bike.
買 發得兒 伯特 密 ㄜ 拜客
我的父親買腳踏車給我。

How is your father?
好 意思 幼兒 發得兒
你父親好嗎？

深入分析：

母親是 mother，若是岳父或公公，則為 father-in-law，反之岳母或婆婆則為 mother-in-law。

應用會話：

A : Where is your mother?
灰耳 意思 幼兒 媽得兒
你的母親在哪裡？

B : As a matter of fact, I have no idea.
ㄟ斯 ㄜ 妹特耳 歐夫 肥特 愛 黑夫 弄 愛滴兒
事實上，我不知道。

child
踹耳得
孩子、兒童

He has a three-year-old child.
ㄏㄧ 黑資 ㄜ 樹裡 一耳 歐得 踹耳得
他有一個三歲的小孩。

April the fourth is Children's Day.
阿婆 勒 佛斯 意思 丘准斯 得
四月四日是兒童節。

深入分析：

一般說來，對於自己所生的「孩子」有兩種說法：child 和 kid，若是遇見不認識的幼童，則可以用 kid 稱呼對方。例如："What are you doing here, kid?"（小朋友，你在這裡做什麼？）要注意，kid 的複數是 kids，而 child 的複數則是 children。

應用會話：

A：How many children do you have?
好 沒泥 丘准兒 賭 優 黑夫
你有幾個小孩？

B：I have two sons and a daughter.
愛 黑夫 凸 桑斯 安 ㄜ 都得耳
我有兩個兒子和一個女兒。

brother
不阿得兒
兄弟

Have you got any brothers or sisters?
黑夫　優　咖　安尼 不阿得兒斯 歐 西斯特斯
你有任何的兄弟姊妹嗎？

He is my baby brother.
ㄏ一 意思 買 卑疵　不阿得兒
他我最小的弟弟啊！

深入分析：

姊妹的說法是 sister，brother 和 sister 都沒有特別說明年齡的差別，若是說明兄弟姊妹的手足，則為 sibling。

應用會話：

A : Where is your younger brother?
灰耳 意思 幼兒　羊葛　　不阿得兒
你的弟弟在哪裡？

B : I don't know.
愛 動特　弄
我不知道。

uncle

骯扣

伯伯、叔叔、舅舅、姑丈、姨丈

Where are you, Uncle Peter?
灰耳 阿 優 骯扣 彼得
彼得伯伯，你在哪裡？

This is my uncle.
利斯 意思 買 骯扣
這是我伯伯。

深入分析：

若是稱呼 uncle **時，則是** "uncle+ **名字** "**，例如：** uncle John**，而伯母、阿姨、姑媽、舅媽、嬸嬸等，則為** aunt**。**

應用會話：

A : Did you look for an apartment for rent?
低 優 路克 佛 恩 ㄜ怕特悶特 佛 潤特
你有要找出租的公寓嗎？

B : No. I'll stay with my aunt.
弄 愛我 斯得 位斯 買 案特
沒有，我會和我阿姨住在一起。

nephew
乃佛
姪子、外甥

This is my nephew.
利斯 意思 買 乃佛
這是我的姪子。

I haven't seen my nephew for a long time!
愛 黑悶 西恩 買 乃佛 佛ㄜ龍 太ㄇ
我很久沒見到我的姪子了。

深入分析：

若是姪女、外甥女，則為 niece。

應用會話：

A : Do you have any plans next Sunday?
賭 優 黑夫 安尼 不蘭斯 耐司特 桑安得
你下個星期天有任何計畫嗎？

B : I'll visit my niece.
愛我 咪Z特 買 逆斯
我會去探望我的姪女。

place
不來斯
地方、名次

This place seems familiar to me.
利斯 不來斯 西米斯 佛咪裡兒 兔 密
這地方好像很熟悉。

I took first place in the history examination.
愛 兔克 福斯特 不來斯 引 勒 ㄏ一斯瑞 一日麼瑞訓
我在歷史考試中得第一名。

深入分析：

place 也可以表示住家或房子等。

應用會話：

A : What's next?
華資 耐司特
接下來該怎麼做？

B : I should pick her up at her place.
愛 秀得 批課 喝 阿鋪 ㄟ 喝 不來斯
我應該去她家接她。

school
撕褲兒
學校

I go to school by bus every day.
愛 購 兔 撕褲兒 百 巴士 世肥瑞 得
我每天坐公共汽車上學。

Do you cycle to school?
賭 優 塞口 兔 撕褲兒
你騎自行車上學嗎？

深入分析：

放學的說法是 from school **或** after school。

應用會話：

A : I'm always hungry when I get home from school.
愛門 歐維斯 航鬼力 昏 愛 給特 厚 防 撕褲兒
我放學回家後總是很餓。

B : Do you want to eat something?
賭 優 忘特 兔 一特 桑性
你想吃一點東西嗎？

library
賴被瑞
圖書館

Can you show me the library?
肯 優 秀 密 勒 賴被瑞
你能告訴我圖書館在哪裡嗎？

He checked it out from the library.
ㄏ一 切客的 一特 凹特 防 勒 賴被瑞
他從圖書館借出了它。

深入分析：

在圖書館的借書、還書，是使用 check in **和** check out。

應用會話：

A : How can I use a computer in the library?
好 肯愛又司ㄜ 康撲特 引 勒 賴被瑞
我要如何在圖書館內使用電腦？

B : Let me show you.
勒 密 秀 優
我來示範給你看！

station
司得訓
車站

Is there a station nearby?
意思 淚兒 ㄜ 司得訓 尼爾掰
這附近有車站嗎？

深入分析：

和 station 相關的單字可以一併記憶：
bus station（公車站）
巴士司得訓
subway station（地鐵站）
薩波位 司得訓
railway station（火車站）
瑞爾位 司得訓
police station（警察局）
撲利斯 司得訓
gas station（加油站）
給司 司得訓

應用會話：

A：Does this bus stop at Taipei station?
得斯 利斯 巴士 司踏不 ㄟ 台北 司得訓
這班公車有在台北車站停靠嗎？

B：I am afraid not.
愛 M 哀福瑞特 那
恐怕沒有。

airport
愛爾破特
機場

I'm going to meet my daughter at the airport.
愛門 勾引 兔 密 買 都得耳 ㄟ 勒 愛爾破特
我要去機場接我女兒的飛機。

I got stuck at the airport.
愛 咖 斯大客 ㄟ 勒 愛爾破特
我被困在機場了。

深入分析：

和某人在機場見面（meet someone at the airport）就是去機場接機的意思。

應用會話：

A : Where to?
灰耳 兔
你要去哪裡？

B : Drive me to the airport, please.
轉夫 密 兔 勒 愛爾破特 普利斯
請載我去機場。

thing

性

事情、物品

I can't see a thing in the dark room.

愛 肯特 吸 ㄜ 性 引 勒 達克 入門

屋子裡黑漆漆的，我什麼也看不見。

Put your things away.

鋪 幼兒 性斯 ㄟ為

把你的東西收拾整齊。

深入分析：

thing 不單單只是「物品」或「東西」的意思，有的時候也泛指「情況」的意思。例如你可以說："Things are more complicated than you thought.，表示「事情比你想像的還要複雜許多」，若是指「情況」，通常是用複數 things 形式表示。

應用會話：

A : Things will get better soon.

性斯 我 給特 杯特 訓

情況很快就會好轉。

B : Thank you for being with me.

山 揪兒 佛 逼印 位斯 密

謝謝你陪著我。

something
桑性
某事物

I was looking for something cheaper.
愛 瓦雌 路克引 佛 桑性 去波爾
我正在找較便宜的東西。

Something wrong?
桑性 弄
有問題嗎？

深入分析：

同樣是結合記憶法的單字：some + thing = something**，表示「某個事、物」的意思，具有名詞和代名詞的作用，同樣的，**something **沒有特定指哪一個事、物或哪些事、物。和形容詞的關係也是**"something **+形容詞" 的架構。**

應用會話：

A : Are you looking for something?
阿 優 路克引 佛 桑性
你在找什麼嗎？

B : Yes, I'd like to buy a tie.
夜司 愛屋 賴克 兔 百 ㄜ 太
是的，我要買領帶。

long

龍

長的、長久的、長形的

How long was her speech?

好 龍 瓦雌喝 撕劈去

她的演講有多長的時間？

He hasn't long been back.

ㄏ一黑忍 龍 乒 貝克

他才回來不久。

深入分析：

long可適用在距離、時間等的「長久」，和far帶有「遙遠」意思稍有不同。中文常說的「說來話長」，英文就叫做"It's a long story."。

應用會話：

A : What the hell are you doing here?

華特 勒 害耳 阿 優 督引 ㄏ一爾

你在這裡搞什麼？

B : It's a long story.

依次 ㄜ 龍 斯兜瑞

說來話長。

tall

透

高的、大的、誇大的

Is the wall tall?
意思 勒 我 透
那道牆很高嗎？

There are some tall buildings on the street.
淚兒 阿 桑 透 批優丁斯 忘 勒 斯吹特
街上有一些高樓大廈。

深入分析：

tall 還有「…身高」的意思，**例如可以說** "He is six feet tall."（**他有六英尺高**）**。反義詞則是** short（**矮的**）**。**

應用會話：

A：How tall is he?
好 透 意思 ㄏㄧ
他有多高？

B：He's seven feet tall, I guess.
ㄏㄧ斯 塞門 ㄈㄧ特 透 愛 給斯
我猜他有七呎高。

short
秀的
矮短的

He's a short white man.
ㄏ一斯 ㄜ 秀的 懷特 賣ㄝ
他是個矮個子的白人男性。

He is a short man.
ㄏ一 意思 ㄜ 秀的 賣ㄝ
他是矮個子的人。

深入分析：

short 除了表示「矮的」之外，還有「不足」的意思。例如可以說 "be short of something"，表示「某物不足」的意思。

應用會話：

A : I'm short of money this week.
愛門 秀的 歐夫 曼尼 利斯 屋一克
這個星期我的錢不夠用。

B : How come?
好 康
怎麼會這樣？

new
紐
新的

Have you seen my new car?
黑夫 優 西恩 買 紐 卡
你有看過我的新車嗎？

I really need to get a new one.
愛 瑞兒裡 尼的 兔 給特 ㄜ 紐 萬
我真的需要再買一件新的。

深入分析：

new 也可以表示「新鮮的」，使用在問候情境時，就是關心對方最近是否有什麼新的事物可以告知、分享的意思。

應用會話：

A : What's new?
華資 紐
近來如何？

B : Still the same.
斯提歐 勒 桑姆
還是老樣子。

old
歐得
年老的

How old are you?
好 歐得 阿 優
你多大年紀了？

There is an old bridge nearby.
派兒 意思 恩 歐得 普力居 尼爾掰
這附近有一座古老的橋。

深入分析：

old 是「年老的」，反義則是 young（年輕的）。此外，old 還有「舊的」的意思。若要說明是「…的歲數」，則要說 "數字＋years old"，例如 "I'm twenty years old."（我廿歲）

應用會話：

A : How old is your son?
好 歐得 意思 幼兒 桑
你兒子多大年紀？

B : He's five years old.
ㄏ一斯 肥福 一耳斯 歐得
他五歲。

only
翁裡
唯一的

He is the only person who wants the job.
ㄏ一 意思 勒 翁裡 波審 乎 忘斯 勒 假伯
約翰是唯一想得到那份工作的人。

Only five minutes left.
翁裡 肥福 咪逆疵 賴夫特
只剩下五分鐘了。

深入分析：

only 表示「唯一的」、「僅有的」，表示是多數中的「唯一」。

應用會話：

A : Do you take credit cards?
賭 優 坦克 魁地特 卡斯
你們收信用卡嗎？

B : Cash only.
客需 翁裡
只收現金。

food
福的
食物

Is there any food to eat?
意思 淚兒 安尼 福的 兔 一特
有吃的嗎？

Have you ever eaten Mexican food?
黑夫 優 A模 伊藤 墨西根 福的
你有吃過墨西哥食物嗎？

深入分析：

背單字要能融會貫通，才能有效率地記住單字。
記住了 food，你就可以同時記住相關單字：
seafood（海鮮）
西 福的
junk food（垃圾食物）
醬 福的

應用會話：

A : How much junk food have you eaten today?
好 罵區 醬 福的 黑夫 優 伊藤 特得
你今天吃了多少垃圾食物？

B : Nope. I hate junk food.
弄破 愛 黑特 醬 福的
沒有啊！我討厭垃圾食物。

breakfast

不來客非斯特
早餐

What do you want for breakfast?
華特 賭 優 忘特 佛 不來客非斯特
你早餐想吃什麼？

Are you having breakfast?
阿 優 黑夫因 不來客非斯特
你正在吃早餐嗎？

深入分析：

三餐的單字分別是 breakfast（**早餐**）、lunch（**午餐**）、dinner（**晚餐**），**而近年很流行的早午餐則是** brunch。

應用會話：

A : Did I bother you?
低 愛 芭樂 優
我有打擾到你們嗎？

B : Nope. We were just having our dinner.
弄破 屋依 我兒 賈斯特 黑夫因 凹兒 丁呢
沒有！我們剛吃完我們的晚餐。

supper
色伯
晚餐

I usually take a walk after supper.
愛 右左裡 坦克 ㄜ 臥克 ㄝ副特 色伯
我通常在晚飯後散步。

Would you like to have supper with me?
屋 揪 賴克 兔 黑夫 色伯 位斯 密
要和我一起吃晚餐嗎？

深入分析：

一般來說，dinner 是指隨意吃的晚餐，而 supper 則是指較為正式的用餐方式。

應用會話：

A : Would you like to have supper with me?
屋 揪 賴克 兔 黑夫 色伯 位斯 密
要和我一起吃晚餐嗎？

B : Sure, why not?
秀 壞 那
好啊，為什麼不？

rich

瑞去

有錢的、含量豐富的、肥沃的

Mr. Jones is a rich man.

密斯特瓊斯 意思 ㄜ 瑞去 賣せ

瓊斯先生是一個有錢人。

Orange juice is rich in vitamin C.

歐寧居 救斯 意思 瑞去 引 維他命 C

柳橙汁富含維他命 C。

深入分析：

rich 不但表示金錢的上的「有錢的」，還包含「含量豐富的」、「肥沃的」的意思。若是 "the rich" 則表示「有錢人」的集合名詞，類似用法還有 "the poor"，表示「窮人」的意思。

應用會話：

A : Do you like it?

賭 優 賴克 一特

你喜歡嗎？

B : No, I don't like rich food.

弄 愛 動特 賴克 瑞去 福的

不，我不喜歡油膩的食物。

poor

鋪屋

貧窮的、可憐的、不好的、缺少的

He's such a poor person.

ㄏ一斯 薩區 ㄜ 鋪屋 波審

他真是可憐的人。

Poor baby, where is your mom?

鋪屋 畢批 灰耳 意思 幼兒 媽

可憐的孩子，你的媽咪在哪裡？

深入分析：

rich 的反義是 poor，**表示財富上的不足，也就是「貧窮」。此外，還表示「可憐的」、「不好的」、「缺少的」。**

應用會話：

A : Do I make myself clear?

賭 愛 妹克 買塞兒夫 克里兒

我表達得夠清楚了嗎？

B : Sorry, my English is poor.

蒐瑞 買 因葛立緒 意思 鋪屋

抱歉，我的英語不好。

same
桑姆
同樣的

They began to laugh at the same time.
勒 貝格恩 兔 賴夫 ㄟ 勒 桑姆 太ㄇ
他們同時笑了起來。

Thank you just the same.
山 揪 賈斯特 勒 桑姆
還是謝謝你！

深入分析：

你想要點和同桌的人相同的餐點，就可以直接說 "same here"，表示「我也要點一樣的餐點」的意思。

應用會話：

A : Are you ready to order?
阿 優 瑞底 兔 歐得
你要點餐了嗎？

B : I'll have a sirloin steak for my main dish.
愛我 黑夫 ㄜ 沙朗 斯得克 佛 買 妹 地需
我主餐要點沙朗牛排。

C : Same here.
桑姆 ㄏ一爾
我也點一樣的。

different
低粉特
不同的

They're different, right?
勒阿　低粉特　軟特
他們是不同的，對吧？

I want something different.
愛 忘特　桑性　低粉特
我要一些不一樣的。

深入分析：

若要表示兩者（A與B）之間的差異，通常會說 "A be different from B"。

應用會話：

A：You're not like your sister.
優矮　那 賴克 幼兒 西斯特
你不像你的姊妹。

B：I'm different from my sister.
愛門　低粉特　防 買 西斯特
我和我姊姊是不同的。

important
引普疼的
重要的

It is important to learn how to communicate.
一特 意思 引普疼的 兔 冷 好 兔 康謬內課的
學會如何溝通是很重要的。

Do you know how important it is?
賭 優 弄 好 引普疼的 一特 意思
你知道這有多重要嗎？

深入分析：

important 前方若要加冠詞（a/n），**應該是** "an important+ **名詞**" **的架構。**

應用會話：

A : Does it mean something?
得斯 一特 密 桑性
有什麼特別意義嗎？

B : Yeah, he's an important person to me.
訝 厂一斯 恩 引普疼的 波審 兔 密
是的，他對我來說是個重要的人物。

color
咖惹
顏色

I like the style, but not the color.
愛 賴克 勒 史太耳 霸特 那 勒 咖惹
我喜歡這個款式，但是不喜歡這個顏色。

It comes in many colors.
特 康斯 引 沒泥 咖惹斯
這個有許多種顏色。

深入分析：

知道顏色就是 color，則不能不知道眾多顏色的單字說法：
black（黑色）
不來客
white（白色）
懷特
gray（灰色）
鬼せ
silver（銀色）
溪裡肥瑞
gold（金色）
勾的
red（紅色）
瑞德

pink(粉紅色)
品克
orange(橙色)
歐寧居
yellow(黃色)
耶漏
brown(褐色)
布朗
green(綠色)
古寧
blue(藍色)
不魯
purple(紫色)
夂剖

應用會話：

A : What color is your car?
華特 咖惹 意思 幼兒 卡
你的車子是什麼顏色？

B : It's black.
依次 不來客
是黑色。

some
桑
某個、一些

I need some sugar for the soup.
愛 尼的 桑 休葛 佛 勒 蒐鋪
我需要一些糖加到湯裡面。

I'd like to buy some stamps.
愛屋 賴克 免 百 桑 使單斯
我要買一些郵票。

深入分析：

somc 可以表示人或事物，例如「有些人」、「有些事物」等。

應用會話：

A : I have some work to do tonight.
愛 黑夫 桑 臥克 兔 賭 特耐
我今晚有工作要做。

B : Sure. Call me when you finish it.
秀 摳 密 昏 優 ㄈ尼續 一特
好吧。做完後打電話給我吧！

many
沒泥
許多的

There are too many people here.
淚兒 阿 兔 沒泥 批剖 ㄏ一爾
這裡的人太多了！

深入分析：

many **是形容可數名詞，**much **則是形容不可數名詞：**
many people（許多人）
沒泥 批剖
many books（許多書）
沒泥 不克斯
many dogs（許多狗）
沒泥 鬥個死

應用會話：

A : How many would you like?
好 沒泥 屋 揪 賴克
你要幾個？

B : Five, please.
肥福 普利斯
請給我五個。

few
否
不多的

She has very few friends.
需　黑資 肥端 否 富懶得撕
她的朋友非常少。

There are few minutes left.
淚兒 阿　否　咪逆疵 賴夫特
沒剩幾分鐘了！

深入分析：

few 比 some 或 many 少，表示「不多的」、「少數的」。

應用會話：

A : Do you mind waiting a few minutes?
賭　優　麥得　位聽　ㄜ 否　咪逆疵
您介意稍等片刻嗎？

B : No problem.
弄　撲拉本
沒問題！

wrong

弄

錯誤的、有問題的

You are wrong.

優 阿 弄

你錯了。

There's something wrong with my head.

淚兒斯 桑性 弄 位斯 買 黑的

我的頭不太舒服。

深入分析：

wrong 除了表示人或事物的錯誤之外，也可以表示撥錯電話（wrong number）的意思。

應用會話：

A : May I speak to David, please?

美 愛 司批客 兔 大衛 普利斯

我能和大衛說話嗎？

B : You must have the wrong number.

優 妹司特 黑夫 勒 弄 拿波

你一定是打錯電話了。

right
軟特
右邊

It's on your right side.
依次 忘 幼兒 軟特 塞得
在你的右手邊。

Turn right at the crossing.
疼 軟特 ㄟ 勒 國司引
在十字路口向右轉。

深入分析：

right 除了表示「右邊」之外，也可以是「正確」的意思。

應用會話：

A : This is not right.
利斯 意思 那 軟特
這個不對！

B : Why not?
壞 那
為什麼不是？

do
賭
做事

I'll do my best to do my work well.
愛我 賭 買 貝斯特 兔 賭 買 臥克 威爾
我會盡力做好我的工作。

Did you do your homework?
低 優 賭 幼兒 厚臥克
你有做功課嗎？

深入分析：

do 表示「做事」，**若是助動詞形式，則有以下使用規則**：

I / we / they ＋ do
David / he / she / it ＋ does

應用會話：

A : Aren't you going to do something different?
阿特 優 勾引 兔 賭 桑性 低粉特
你不想點不同的辦法嗎？

B : Yes, I did.
夜司 愛 低
有的，我有做。

make
妹克
做、製造、料理

I believe you can make it.
愛 逼力福 優 肯 妹克 一特
我相信你可以辦得到的。

Will you make me some coffee, please?
我 優 妹克 密 桑 咖啡 普利斯
可以請你幫我煮咖啡嗎？

深入分析：

make 也可以表示「令人…」的意思，或是當成確認某事的動詞使用。例如 "Make sure the door is shut on your way out."（要確認你出去的時候有把門關上）。

應用會話：

A : Make me proud of you.
妹克 密 撲勞的 歐夫 優
要讓我以你為榮。

B : No problem.
弄 撲拉本
沒問題。

go
購
去、走、通到、達到

I must go now.
愛 妹司特 購　惱
我現在要走了。

How can I go to Taipei?
好　肯 愛 購 兔　台北
我要如何去台北？

深入分析：

go **可以表示「移動過去」或「離開」的意思。**
go **的變化形使用規則如下：**
I / we / they ＋ go
David / he / she / it ＋ goes

應用會話：

A : Which road goes to the station?
會區　漏得　勾斯 兔　勒　司得訓
哪一條路通向車站？

B : That way.
類　位
那一個方向。

come
康
來到

The train came slowly into the station.
勒　春安　給悶　師樓裡 引免　勒　司得訓
火車緩緩駛進車站了。

Where do you come from?
灰耳　賭　優　　康　　防
你是哪裡人？

深入分析：

come 也可以當成交通工具即將到站或到來的動詞使用。

應用會話：

A : Here comes my bus.
厂一爾　康斯　　買　巴士
我的公車來了。

B : OK. See you later!
OK　　吸　　優　淚特
好！再見！

leave
力夫
離開

We'll leave soon.
屋依我 力夫 訓
我們即將要離開了。

When do you leave for Japan?
昏 賭 優 力夫 佛 假潘
你什麼時候要去日本？

深入分析：

leave 另一個意思是「剩下」、「把…留下（給某人 / 在某地）」，若是名詞，則是電話留言的意思。

應用會話：

A : Would you like to leave a message?
屋 揪 賴克 兔 力夫 ㄜ 妹西居
你要留言嗎？

B : Tell him to return my call.
太耳 恨 兔 瑞疼 買 摳
告訴他要回我電話。

want
忘特
想要

I want to speak to Chris.
愛 忘特 兔 司批客 兔 苦李斯
我要和克里斯說話。

Somebody wants to see you.
桑八弟 忘斯 兔 吸 優
有人想見你。

深入分析：

want 也可以代表「想要某物」的意思，應用在某些句子中，可以當成一般動詞使用，例如 eat（吃）、drink（喝）…等。

應用會話：

A : Do you want another drink?
賭 優 忘特 安娜餌 朱因克
你要再來喝一杯嗎？

B : Sure, why not?
秀 壞 那
好啊，為什麼不要？

need

尼的

需要、必要

I need to go to the museum.

愛 尼的 兔 購 兔 勒 謬日M

我需要去博物館。

You need to get some sleep.

優 尼的 兔 給特 桑 私立埔

你需要稍微睡一下。

深入分析：

need **後面也可以直接加名詞，表示需要某事物的意思。**

應用會話：

A : If you need any help, just let me know.

一幅 優 尼的 安尼 黑耳ㄡ 賈斯特 勒 密 弄

如果你需要任何幫助，請讓我知道。

B : Thanks. I will.

山克斯 愛 我

謝謝！我會的。

have
黑夫
有、得到

Do you have a pencil?
賭 優 黑夫 ㄜ 片所
你有鉛筆嗎？

Call me if you have time
摳 密 一幅 優 黑夫 太ㄇ
如果你有空的話，打個電話給我。

深入分析：

have 除了「擁有」、「得到」之外，也可以代表吃或喝的意思。have 的變化形使用規則如下：
I / we / they + have
David / he / she / it + has

應用會話：

A : What do you want to have?
華特 賭 優 忘特 兔 黑夫
你想要吃什麼？

B : I'd like to have a sandwich.
愛屋 賴克 兔 黑夫 ㄜ 三得位七
我想要吃三明治。

get
給特
獲得、成為

How did you get the money?
好 低 優 給特勒 曼尼
你是如何弄到這筆錢的？

Could you get me a Diet Coke?
苦 揪 給特 密 ㄜ 呆鵝 扣可
請給我低卡可樂好嗎？

深入分析：

get 除了是「獲得」、「提供」之外，也表示「成為」（某狀態）、「到達」（某地）的意思。

應用會話：

A : It's getting dark.
依次 給聽 達克
天漸漸黑了。

B : Come on, let's go home.
康 忘 辣資 購 厚
走吧，我們回家吧！

give
寄
給予、付出

Would you give him another chance?
屋 楸 寄 恨 安娜餌 券斯
你會再給他另一次機會嗎？

Please give me a hand.
普利斯 寄 密ㄜ 和的
請幫我一下。

深入分析：

give 也可以表示「舉辦」、「獻出」的意思。

應用會話：

A：What's your plan?
華資 幼兒 不蘭
你們的計畫是什麼？

B：We'll give a welcome party on Monday.
屋依我 寄ㄜ 威爾康 趴提 忘 慢得
我們將在週一舉行歡迎派對。

find
煩的
找到、發現

I can't find my shoes.
愛 肯特 煩的 買 休斯
我找不到我的鞋子。

Did you find anything you like?
低 優 煩的 安尼性 優 賴克
有找到喜歡的東西了嗎？

深入分析：

find 也可以表示「發現處於某種狀態」的意思。

應用會話：

A : What happened to you?
華特 黑噴的 兔 優
你怎麼了？

B : When I woke up, I found myself in hospital.
昏 愛 沃克 阿鋪 愛 方的 買塞兒夫 引 哈斯批透
我醒來時，發覺自己在醫院裡。

meet

密

見面、遇到

I met Henry in the street yesterday.

愛 妹特 哈利 引 勒 斯吹特 夜司特得

昨天我在街上遇到了亨利。

I'll meet you at the station.

愛我 密 揪 ㄟ 勒 司得訓

我會到車站去接你。

深入分析：

meet 是指「會面」，但也可以引伸為「相識」的意思。例如："Have you ever met before?" 表示「你們以前見過面嗎」，也就是要知道兩人是否認識的意思。

應用會話：

A : How did you meet David?

好 低 優 密 大衛

你怎麼認識大衛的？

B : We went to the same high school.

屋依 問特 兔 勒 桑姆 嗨 撕褲兒

我們是高中同學。

038

feel

非兒

感覺、覺得

I felt very happy.

愛 非兒特 肥瑞 黑皮

我覺得很幸福。

Please feel free to call me if you have questions.

普利斯 非兒 福利 兔 摳 密 一幅 優 黑夫 魁私去斯

如果有問題的話，不要不好意思打電話給我。

深入分析：

feel 是一種心靈與身體上的「感覺」，也可以有「欲望」的意味。

應用會話：

A : Would you feel like something to drink?

屋 揪 非兒 賴克 桑性 兔 朱因克

你想要喝點什麼嗎？

B : No, thanks.

弄 山克斯

不用，謝謝！

happen
黑噴
發生

What happened to you?
華特　　黑噴的　兔　優
你怎麼了？

When did the explosion happen?
昏　低　勒　一絲婆羅訓　黑噴
爆炸是什麼時候發生的？

深入分析：

happen **也可以是「碰巧」、「剛好」的意思。**

應用會話：

A : It so happened that I saw him yesterday.
一特 蒐　　黑噴的　　類 愛 瘦　恨　夜司特得
我昨天碰巧看見他了。

B : You did?
優　低
你有看見？

change
勸居
改變、更換

If you want, you can change seats with me.
一幅 優 忘特 優 肯 勸居 西資 位斯 密
如果你願意，你可以和我交換座位。

We changed the date to September 1st.
屋依 勸居的 勒 得特 免 塞配天背 福斯特
我們將日期改為九月一日。

深入分析：

change **還包含「零錢」、「兌換」、「換穿衣物」的意思，例如可以對計程車司機說**："Keep the change."，**表示「零錢不用找了，你留著吧！」**

應用會話：

A：Do you have any change?
賭 優 黑夫 安尼 勸居
你有零錢嗎？

B：No. I have no small change.
弄 愛 黑夫 弄 斯摩爾 勸居
沒有。我沒有零錢。

know
弄
知道

I know him to be an honest man.
愛 弄 恨 免 逼 恩 阿泥司 賣せ
我知道他是一位誠實的人。

I don't know, let's wait and see.
愛 動特 弄 辣資 位特 安 吸
我不知道，我們等著瞧吧。

深入分析：

know 也可以是「認識某人」的意思。

應用會話：

A : David? It's me.
大衛 依次 密
大衛，是我啊！

B : Do I know you?
賭 愛 弄 優
我們有認識嗎？

help
黑耳ㄆ
幫助、補救

How may I help you?
好 美 愛 黑耳ㄆ 優
需要我的協助嗎？

Let me see if I can help.
勒 密 吸一幅 愛 肯 黑耳ㄆ
我看看能否幫忙。

深入分析：

當你身處危險時，help 就是你的救命仙丹，請大聲呼喊："Help!" 和中文的「救命啊！」的意思是一樣的。help 也有當成「避免」的意思。

應用會話：

A : Don't do this.
動特 賭 利斯
不要這樣！

B : Sorry. I couldn't help laughing.
蒐瑞 愛 庫鄧 黑耳ㄆ 賴夫引
抱歉！我情不自禁要笑。

love
勒夫
愛

I still love him.
愛 斯提歐 勒夫 恨
我還是愛著他！

I like him but I don't love him.
愛 賴克 恨 霸特 愛 動特 勒夫 恨
我喜歡他，但我並不愛他。

深入分析：

love 是比 like 更為強烈的「愛意」，舉凡「愛戴」、「喜好」的情境都適用。love 也可以有慾望、想要、願意的意思。

應用會話：

A：Would you like to come?
屋 揪 賴克 兔 康
你要來嗎？

B：I'd love to.
愛屋 勒夫 兔
我願意。

like
賴克
喜歡

I like to go to school by bike.
愛 賴克 兔 購 兔 撕褲兒 百 拜客
我喜歡騎自行車去上學。

How do you like it?
好 賭 優 賴克 一特
你喜歡嗎？

深入分析：

like 也可以有「想要」、「願意」、「像…」的意思，**最常見的應用句型是** "What would you like...?"，**表示「你想要…？」**

應用會話：

A：Do it like this.
賭 一特 賴克 利斯
照這樣做。

B：I can't.
愛 肯特
我辦不到！

forget
佛給特
忘記

Don't forget to keep in touch.
動特 佛給特 兔 機舖 引 踏區
別忘了要保持聯絡。

I'll never forget his face.
愛我 耐摩 佛給特 ㄏ一斯 飛斯
我永遠忘不了他的容貌。

深入分析：

forget 也具有「放棄」的意味。例如口語英文的 "forget it" 就不是「忘記它」，而是指「算了吧」、「別想了」。

應用會話：

A : What are you trying to say?
華特 阿 優 踹引 兔 塞
你想要說什麼？

B : Forget it.
佛給特 一特
算了吧！

remember

瑞敏波

記得、想起

I can't remember how to get there.

愛 肯特 瑞敏波 好 兔 給特 淚兒

我不記得是怎麼到那裡的。

Yes. Now I remember.

夜司 惱 愛 瑞敏波

對，我想起來了！

深入分析：

remember 也可以是「回憶起（某人或某事）…」，亦即「記住」的意思。

應用會話：

A : Remember to send my letter.

瑞敏波 兔 善的 買 類特

記得要把我的信寄出去。

B : I will.

愛 我

我會的。

think
施恩客
思考、想

You should think it over.
優 秀得 施恩客 一特 歐佛
你應該好好想想這件事。

I think I'm coming down with the flu.
愛 施恩客 愛門 康密因 黨 位斯 勒 福路
我想我感染了流感。

深入分析：

think 也有表示「認為」，**是詢問想法的意思。**

應用會話：

A : Would you like to go to see a movie with me?
屋 揪 賴克 兔 購 兔 吸 ㄜ 母米 位斯 密
你要和我去看電影嗎？

B : Um, I really don't think I can.
嗯 愛 瑞兒裡 動特 施恩客 愛 肯
嗯，我想我無法去耶！

hear

ㄏ一爾

聽見、聽說、得知

What did you hear?

華特 低 優 ㄏ一爾

你聽到什麼？

Sorry to hear that.

蒐瑞 免 ㄏ一爾 類

很遺憾知道這件事。

深入分析：

hear **可以表示無意間「聽見」、「得知」，而** listen **則是「聆聽」的意思。**

應用會話：

A : Listen. Do you hear that?

樂身 賭 優 ㄏ一爾 類

聽！你有聽見嗎？

B : I heard nothing.

愛 喝得 那性

我什麼也沒聽到。

listen

樂身

仔細聽、傾聽

I listen to the radio every day.

愛 樂身 兔 勒 瑞敵歐 せ肥瑞 得

我每天都聽收音機。

I didn't listen to what he was saying.

愛 低等 樂身 兔 華特 ㄏㄧ 瓦雌 塞引

我沒注意聽他在講什麼。

深入分析：

「聽收音機／音樂」就叫做"listen to the radio/music"**。此外，若要對方仔細聽你說話時，也可以直接說："Listen, …"（聽著，）。**

應用會話：

A : Listen, I've been thinking...

樂身 愛夫 兵 施恩慶

聽著，我想了好久...

B : Yeah?

訝

什麼事？

say

塞

說、講、據說

I won't say anything.
愛 甕 塞 安尼性
我不會說出任何事的。

Do you have anything to say?
賭 優 黑夫 安尼性 兔 塞
你有什麼話要說的嗎？

深入分析：

say、tell 和 talk 都表示說話，say 通常表示陳述或說明，tell 為告訴，而 talk 則為談論或說話。

應用會話：

A : What are you trying to tell me?
華特 阿 優 踹引 兔 太耳 密
你想告訴我什麼？

B : What did you say?
華特 低 優 塞
你說什麼？

C : Hey guys, what are you talking about?
嘿 蓋斯 華特 阿 優 透ㄍ一因 爺寶兒
嘿，你們大家在談論什麼事？

talk
透克
講、告知

We've got to talk.
為夫 咖 兔 透克
我們需要談一談。

Did you talk to him?
低 優 透克 兔 恨
你有和他說話嗎？

深入分析：

talk about 是 " 談論某事 " 的常用片語，所以 talk 表示「聊天」。

應用會話：

A : Tell me the truth.
太耳 密 勒 處司
告訴我實話。

B : I really don't want to talk about it.
愛 瑞兒裡 動特 忘特 兔 透克 爺寶兒 一特
我真的不想討論這件事。

tell

太耳
告訴、命令、區分

Let me tell you the truth.
勒 密 太耳 優 勒 處司
我來告訴你實話。

Would you tell me how to get to Taipei?
屋 揪 太耳 密 好 兔 給特 兔 台北
能告訴我如何去台北嗎？

深入分析：

tell 表示具有傳達的「告知」意味，也表示「區分」的意思。此外，若希望對方能夠「說實話」，就要用 "tell the truth"，而不能說 "speak the truth"。

應用會話：

A：Can you tell the difference between them?
肯 優 太耳 勒 低粉司 逼吹 樂門
你能分辨得出來他們的差別嗎？

B：I can't.
愛 肯特
我沒辦法！

see

吸

看見、戀愛中

Do you want to see a movie with me?

賭 優 忘特 免 吸 ㄜ 母米 位斯 密

你想和我去看電影嗎？

Are you seeing someone?

阿 優 吸引 桑萬

你是不是和別人在交往？

深入分析：

see 也有「理解」、「知道」的意味。例如："I can't see why she's done that." 是指「我不瞭解她為什麼這麼做。」

應用會話：

A : He's a jerk.

厂一斯 ㄜ 酒客

他是個混蛋。

B : I see.

愛 吸

我瞭解了！

watch

襪區

觀看、注視、看守

They watched the car go past.

勒　襪區的　勒　卡　購　怕司

他們看著汽車開過去了。

Do you often watch TV?

賭　優　歐憤疼　襪區　踢飛

你經常看電視嗎？

深入分析：

watch 是表示「觀看」、「注視」，而片語"watch out"可不是向外看，而是「小心」、「留意」。watch 的名詞則具有「手錶」的意思。

應用會話：

A：Watch out.

襪區　凹特

小心！

B：What? What's wrong?

華特　華資　弄

什麼？怎麼啦？

look
路克
觀看、顯得

You look tired.
優 路克 太兒的
你看起來很累！

What are you looking for?
華特 阿 優 路克引 佛
你在找什麼？

深入分析：

look 也有要對方「注意聽」、「注意看」的意思。**例如**：" Look, I know what you're thinking about. "。**（聽好，我知道你在想什麼。）**

應用會話：

A : Is it serious, doctor?
意思 一特 西瑞耳司 搭特兒
醫生，嚴重嗎？

B : Let me have a look. Hmm...it looks terrible.
勒 密 黑夫 ㄜ 路克 嗯 一特 路克斯 太蘿蔔
我看一下。嗯…看起來很嚴重。

read
瑞
閱讀

Let me read this back to you.
勒 密 瑞 利斯 貝克 兔 優
我再複誦一遍。

Can you read it for me?
肯 優 瑞 一特 佛 密
你可以念給我聽嗎？

深入分析：

read **是指「讀」、「朗讀」。例如中文的「看報紙 / 雜誌」，就不能用** watch **或** see**，而要說** "read the newspaper/magazine"。

應用會話：

A : What are you doing now?
華特 阿 優 督引 惱
你現在在做什麼？

B : I'm reading the newspaper.
愛門 瑞丁 勒 紐斯派婆
我正在讀報紙。

write
瑞特
書寫、寫信、填寫

How often do you write your parents?
好 歐憤疼 賭 優 瑞特 幼兒 配潤斯
你多久寫信給你的父母？

I have to write a paper every week.
愛 黑夫 兔 瑞特 ㄜ 呸婆 ㄝ肥瑞 屋一克
我每個星期都要寫一篇報告。

深入分析：

「開罰單」也適用 write **這個單字，就叫做** "write you a ticket" **（開你一張罰單）。**

應用會話：

A : Please write down what you hear.
普利斯 瑞特 黨 華特 優 ㄏ一爾
請寫下你聽到的內容。

B : No problem, sir.
弄 撲拉本 捨
沒問題的，先生。

eat
一特
吃

I need to eat something.
愛 尼的 兔 一特 桑性
我需要吃一點東西。

What did you eat for lunch?
華特 低 優 一特 佛 濫去
你午餐吃了什麼？

深入分析：

eat 是指「進食」，若特指「飲用」，則通常會用 drink 表示。此外，像是中文說的「吃藥」，也不可以用 eat 這個單字，而是說 "take the medicine"。

應用會話：

A : You have to take the medicine.
優 黑夫 兔 坦克 勒 賣得孫
你必須要吃藥。

B : But I don't want to.
霸特 愛 動特 忘特 兔
但是我不想吃。

call

‧摳

稱呼、打電話、呼喚

We'll call the baby David.

屋依我 摳 勒 卑疕 大衛

我們會給嬰兒取名為大衛。

Please call 911.

普利斯 摳 耐萬萬

請打電話報警。

深入分析：

call 也可以有「拜訪」的意思，**但通常是使用片語的搭配** "call on"。

應用會話：

A : Could I call on you on Sunday?

苦 愛 摳 忘 優 忘 桑安得

我星期天可以去拜訪你嗎？

B : Sure, anytime on Sunday.

秀 安尼太ㄇ 忘 桑安得

當然可以，星期天任何時間都可以。

ask
愛斯克
請求、詢問

Please ask her to call me back.
普利斯 愛斯克 喝 兔 摳 密 貝克
請她回我電話！

He asked to join our group.
ㄏ一 愛斯克特 兔 糾引 凹兒 古路鋪
他要求加入我們的團體。

深入分析 :

除了「要求」之外，ask 最常使用在詢問、問題的情境中。

應用會話 :

A : Can I ask you a question?
肯 愛 愛斯克 優 ㄜ 魁私去
我能問你一個問題嗎？

B : Sure. What is it?
秀 華特 意思 一特
好啊！什麼事？

answer
安色
回答、接（電話）

Could you answer the question?
苦 揪 安色 勒 魁私去
你能回答這個問題嗎？

He wouldn't answer my call.
厂一 屋等 安色 賣 摳
他不接我的電話。

深入分析：

舉凡「接（電話）」、「應（門）」的情境都適合用 answer 當動詞。

應用會話：

A : Didn't he answer your call?
低等 厂一 安色 幼兒 摳
他沒有接你的電話嗎？

B : He must be gone.
厂一 妹司特 逼 槓
他一定是離開了。

bring

鋪印
帶來、拿來

Please bring me a napkin.
普利斯 鋪印 密 ㄜ 那婆親
請幫我拿一條餐巾來。

Bring your homework tomorrow.
鋪印 幼兒 厚臥克 特媽樓
明天把你的家庭作業帶來。

深入分析：

和 bring 很類似的單字是 take，**是指「帶著一起過去」，表示「取」、「拿」、「帶領」的動作。**

應用會話：

A : Should we take the kids to the park?
秀得 屋依 坦克 勒 ㄎ一資 兔 勒 怕課
我們需要帶孩子們去公園嗎？

B : It depends.
一特 低盤斯
要視情況而定。

close
克樓斯
關閉

Close the door when you leave home.
克樓斯 勒 斗 昏 優 力夫 厚
離開家的時候把門關上。

Don't forget to close the door.
動特 佛給特 兔 克樓斯 勒 斗
不要忘記要關門。

深入分析：

只要是門片式的「關閉」都是用 close 表示，例如 "close the door/window"， 相同意思的關閉也可以用 shut 表示。而像是電器、瓦斯爐…等的旋轉式按鈕開關，則用 turn on/off 表示。

應用會話：

A : Who closed the door?
乎 克樓斯的 勒 斗
誰關了門？

B : David did.
大衛 低
是大衛關的。

open
歐盆
打開、張開

I'll open the door.
愛我 歐盆 勒 斗
我會打開門。

I've opened the door.
愛夫 歐盆的 勒 斗
我已經打開了門了。

深入分析：

open 除了物品的開關之外，也可以表示商店的開張營業。

應用會話：

A : How late are you open?
好 淚特 阿 優 歐盆
你們營業到幾點？

B : We are open until eight thirty.
屋依 阿 歐盆 骯提爾 ㄟ特 捨替
我們營業到八點卅分。

CHAPTER 02
片語篇

right now

軟特　惱

現在、目前

深入分析：

當要強調「馬上」、「現在」、「立刻」的情境時，只要在句尾加上 "right now" **就可以了。**

應用例句：

We're very busy right now.
屋阿　肥瑞　逼日　軟特　惱
我們現在很忙。

You'd better leave right now.
優的　杯特　力夫　軟特　惱
你最好現在就離開。

Come over here right now.
康　歐佛 ㄏㄧ爾　軟特　惱
現在馬上過來這裡。

write down
瑞特　　黨
寫下、記錄

深入分析：

表示用筆記下或寫下某些訊息或資料的意思。

應用例句：

Let me write down your name and address.
勒　密　瑞特　　黨　幼兒　捏嗯　　安　　阿捶司
我來幫你記下你的名字和地址。

Did you write down your name?
低　優　　瑞特　　黨　幼兒　捏嗯
你有寫下你的名字了嗎？

If you don't write it down, you'll forget it.
一幅 優　動特　瑞特 一特　黨　　優我　佛給特　一特
如果你沒有記下來，你就會忘記。

相同用法：

put down
鋪　　黨
寫下

sit down

西　黨
坐下

深入分析：

非常普遍的動詞片語，一般來說會搭配 please 使用："Sit down, please." 才是較為禮貌的用法。

應用例句：

Sit down, please.
西　黨　普利斯
請坐。

I sit down right there with him.
愛 西 黨　軟特 淚兒 位斯 恨
我和他坐在那裡。

類似用法：

have a seat
黑夫 ㄜ 西特
坐下

lie down
賴　黨
躺下

深入分析：

通常是要對方躺平或躺下來的意思，但躺下來的目的是要睡覺或休息則視情況而定。

應用例句：

You have to lie down for a second.
優　黑夫　免 賴　黨　佛 ㄜ　誰肯
你得要躺下來休息一下。

He's lying down on the floor.
ㄏ一斯 賴因　黨　忘　勒　福樓
他正躺在地上。

He lay down on the bed and tried to relax.
ㄏ一 類　黨　忘　勒　杯的 安　踹的 兔 瑞理司
他躺在床上嘗試著要休息。

get up
給特 阿鋪
起床、站起來

深入分析：

get up 有兩種意思，**可以是指從床上坐起來，也可以表示從坐著或蹲著的情況下起身站起來的意思。**

應用例句：

When do you usually get up?
昏 賭 優 右左裡 給特 阿鋪
你通常什麼時間起床？

She got up suddenly.
需 咖 阿鋪 桑得理
她突然站起來。

類似用法：

wake up
胃課 阿鋪
醒過來

wake up
胃課　　阿鋪
覺醒、使甦醒、振作

深入分析：

wake up 可以是從睡夢中醒過來，**或是精神上使人覺悟、覺醒的意思。**

應用例句：

I usually wake up at six in the morning.
愛 右左裡　胃課　阿鋪 ㄟ 撕一撕 引 勒　摸寧
我通常在早上六點鐘醒來。

If you cry you'll wake your brother up.
一幅 優 快　優我　胃課　幼兒 不阿得兒 阿鋪
如果你哭的話，就會吵醒你弟弟。

This event may wake him up.
利斯 依悶特　美　胃課　恨 阿鋪
這件事也許能使他醒悟。

get back
給特　貝克
取回、回程

深入分析：

get back **可以是指取回、重新獲得某物，或是表示回程，特別是回家的意思。**

應用例句：

I believe you'll never get it back.
愛 逼力福　優我　耐摩　給特 一特 貝克
我相信你永遠拿不回來。

I got my clothes back.
愛 咖 買 克樓斯一斯 貝克
我拿回我的衣服了。

When did you get back from Hawaii?
昏　低　優 給特 貝克　防 哈瓦夷
你什麼時候從夏威夷回來的？

相同用法：

come back
康　貝克
回來

turn down
疼　　黨
拒絕

深入分析：

turn 是旋轉、轉彎的意思，但 turn down 則表示拒絕或同意某事，也有拒絕對方請求的意思。

應用例句：

I'll have to turn David down.
愛我 黑夫 兔 疼 大衛 黨
我得要拒絕大衛。

The bank turned down her request for a loan.
勒 班課 疼的 黨 喝 瑞鬼斯特 佛 ㄜ 龍
銀行拒絕了她的貸款要求！

He turned down the job.
ㄏ一 疼的 黨 勒 假伯
他拒絕了這份工作。

feel like
非兒 賴克
想要

深入分析：

feel like 表示想要做某事的意思。like **後面要接動名詞或名詞。**

應用例句：

I felt like a fool when I couldn't remember her name.
愛 非兒特 賴克 ㄜ 福耳 昏 愛 庫鄧 瑞敏波 喝 捏嗯
因為記不住她的名字，讓我自己覺得好像笨蛋。

Do you feel like a cup of coffee?
賭 優 非兒 賴克 ㄜ 卡鋪 歐夫 咖啡
你想喝咖啡嗎？

I feel like going for a walk.
愛 非兒 賴克 勾引 佛 ㄜ 臥克
我想去散步。

pick up

批課　阿鋪

搭載（某人）

深入分析：

pick up someone 或 something 表示接送某人或撿拾某物的意思。

應用例句：

Did you pick her up this afternoon?

低　優 批課　喝 阿鋪 利斯　せ副特怒

你今天下午有去接她嗎？

I'll pick you up around five o'clock.

愛我 批課 優 阿鋪　婀壯　肥福 A 克拉克

我會在五點鐘的時候去接你。

He picked it up and headed for the door.

ㄏ一　批課的 一特 阿鋪 安　黑踢的　佛 勒　斗

他把它撿起來，並朝向門口走去。

take off
坦克　歐夫
脫下、起飛

深入分析：

take 是攜帶、拿取的意思，而 take off 則表示將衣物脫下的動作，也可以是飛機起飛的意思。

應用例句：

Take your coat off and sit down.
坦克 幼兒　寇特 歐夫 安 西　黨
脫掉外套坐下來吧！

He took off his raincoat and took out the key.
厂一 兔克　歐夫 厂一斯 瑞安寇特 安　兔克　凹特　勒　七
他脫下雨衣，然後拿出了鑰匙。

The plane took off on time.
勒　不蘭　兔克 歐夫 忘 太ㄇ
飛機準時起飛了！

put on
鋪　忘
穿戴（衣物）、搽上（化妝品）

深入分析：

put是放置的意思，put on則可以表示穿上衣物、鞋子或搽抹保養品或化妝品的意思。

應用例句：

Remember to put your shoes on.
瑞敏波　兔 鋪　幼兒　休斯　忘
記得要穿上鞋子。

She put on too much makeup.
需　鋪　忘　兔　罵區　妹克阿鋪
她畫了太濃的妝了！

search for

色去　　佛

尋找、搜尋某人或（某物）

深入分析：

當某人或某物失蹤或不見蹤影時，**就需要尋找（search for），也可以是尋找線索的意思，類似用法還有** look out。

應用例句：

We're searching for Peter.

屋阿　社區引　佛　彼得

我們正在尋找彼得。

They searched for survivors all day long.

勒　社區的　佛　色飛佛斯　歐　得　龍

他們一整天都在搜尋倖存者。

depend on
低盤　　　忘
依靠、取決於

深入分析：

表示信任某人，或是某事件的決定要視其他事件而定。

應用例句：

You can depend on me.
優　肯　低盤　忘 密
你可以信得過我。

類似用法：

rely on
瑞賴 忘
依靠

應用例句：

I can't always rely on your help.
愛 肯特 歐維斯 瑞賴 忘 幼兒 黑耳ㄆ
我不能老是依賴你的幫助。

eat out
一特　凹特
外出用餐

深入分析：

如同字面意思，通常是指沒有在家裡開火，而是在外面餐廳用餐的意思。

應用例句：

Do you eat out at lunchtime?
賭　優 一特 凹特 ㄟ　濫去太ㄇ
你中午有外出用餐嗎？

When I lived in Japan, I used to eat out all the time.
昏 愛 立夫的 引 假潘　愛 又司的 兔 一特 凹特 歐 勒 太ㄇ
當我住在日本時，我大部分時間都在外用餐。

check up on someone

切客　阿鋪 忘　桑萬

檢查（某人以確認）

深入分析：

通常是透過某種方式或手段確認某人的行為。

應用例句：

I'll ask the doctor to check up on you.

愛我 愛斯克 勒 搭特兒 兔 切客 阿鋪 忘 優

我會請醫生幫你檢查一下。

He's always checking up on me to make sure I'm

厂一斯 歐維斯 切引 阿鋪 忘 密 兔 妹克 秀 愛門

doing my homework.

督引 買 厚臥克

他老是在檢查我有沒有在做功課。

dedicate...to
低卡特 兔
獻身於、獻給……

深入分析：

這裡的 to 為介詞，而非不定詞，後面接名詞或動名詞。

應用例句：

He dedicated his life to helping the poor.
ㄏ一 低卡踢特 ㄏ一斯 來夫 兔 黑耳拼 勒 舖屋
他貢獻畢身精力幫助窮人。

This book is dedicated to my sister.
利斯 不克 意思 低卡踢特 兔 買 西斯特
謹將此書獻給我的姊姊。

take back

坦克　貝克

拿回、收回（所說的話）

深入分析：

對於自己說出口的話雖然無法真的收回，但表示後悔自己的言論的意思。

應用例句：

Did you take those books back to the library?

低　優　坦克　漏斯　不克斯 貝克　兔　勒 賴被瑞

你有把書還回去圖書館嗎？

Why don't you take it back?

壞　動特　優　坦克 一特 貝克

你為何不收回？

Sorry, I take back what I said.

蒐瑞 愛 坦克 貝克　華特 愛 曬得

抱歉！我收回我所說過的話。

for good
佛　估的
永遠

深入分析：

for good 可不是「為了好事」的意思，而是表示「永遠」的意思。例如鳳凰女演過的「新娘百分百」中，記者問女主角要在此地留多久，她就是回答 "for good"。

應用例句：

I'm leaving him for good.
愛門 力冰　恨　佛　估的
我要永遠離開他。

He won't come back for good.
ㄏ一 甕　康　貝克　佛　估的
他永遠不會回來了！

so far
蒐　罰
截至目前為止

深入分析：

表示時間點是從以前到目前為止。

應用例句：

What do you think of Taiwan so far?
華特　賭　優　施恩客 歐夫 台灣　蒐 罰
截至目前為止，你對台灣有什麼想法？

A : How's your new job?
好撕　幼兒　紐 假伯
新工作如何？

B : So far, so good.
蒐 罰　蒐　估的
目前為止還不錯！

at the moment

ㄟ 勒 摩門特

目前

深入分析：

表示目前的這個時間點，**也就是此時此刻的意思。**

應用例句：

I'm afraid she's not here at the moment.

愛門 哀福瑞特 需一斯 那 ㄏ一爾 ㄟ 勒 摩門特

她現在恐怕不在這裡。

I am very busy at the moment.

愛 M 肥瑞 逼日 ㄟ 勒 摩門特

我現在很忙。

類似用法：

right now

軟特 惱

目前

for the moment
佛　勒　摩門特
暫時地

深入分析：

表示目前都是暫時的狀況，稍後可能又改為其他的狀況。

應用例句：

Let's carry on with what we agreed for the moment.
辣資 卡瑞　忘 位斯 華特 屋依 阿鬼的 佛 勒　摩門特
我們來執行我們暫時協議好的事。

Why don't we stop arguing for the moment.
壞　動特 屋依 司踏不 阿九贏 佛　勒　摩門特
我們何不先暫停爭論。

in time

引 太ㄇ

及時

深入分析：

表示「趕在某個時間點之前」的意思，**也就是「即時」，是沒有遲於約定好的時間。**

應用例句：

I'll finish the report in time.
愛我 ㄈ尼續 勒 蕊破特 引 太ㄇ
我會及時完成報告。

He arrived just in time for the show.
ㄏ一 阿瑞夫的 賈斯特 引 太ㄇ 佛 勒 秀
他及時趕上那場秀。

on time

忘　太ㄇ

準時

深入分析：

表示能夠依約或依預定的時間，完成做某事的意思，表示時間很充裕的情況下。

應用例句：

I'll be home on time.

愛我 逼 厚　忘　太ㄇ

我會準時到家。

We'll be there on time.

屋依我 逼 淚兒　忘　太ㄇ

我們會準時到達那裡。

once in a while

萬斯 引 ㄜ 壞兒
偶爾

深入分析：

表示這種狀況是偶爾才會發生的，並不頻繁的意思。

應用例句：

I visit Eric once in a while.
愛 咪Z特 艾瑞克 萬斯 引 ㄜ 壞兒
我偶爾會去拜訪艾瑞克！

We'd have a drink at night once in a while.
屋一的 黑夫 ㄜ 朱因克 ㄟ 耐特 萬斯 引 ㄜ 壞兒
我們偶爾會在晚上喝一杯！

every now and then

ㄝ肥瑞　惱　安　蘭

偶爾

深入分析：

表示偶爾才會發生，**但是並不是非常頻繁的意思。**

應用例句：

He comes to visit me every now and then.

ㄏㄧ 康斯　免 咪Z特 密 ㄝ肥瑞 惱　安　蘭

他有時候會來拜訪我。

We still get together for lunch every now and then.

屋依 斯提歐 給特 特給樂 佛　濫去 ㄝ肥瑞 惱　安　蘭

我們偶爾還是會碰面吃午餐。

sooner or later

訓泥爾　　歐　淚特

遲早、早晚

深入分析：

通常適用在說明「未來的某個時間點」，指「遲早會...」的意思。

應用例句：

Don't worry, sooner or later the cat will come home.

動特　窩瑞　訓泥爾 歐 淚特 勒 卡特 我　康　厚

不用擔心，貓遲早會回家的。

Sooner or later he'll be back.

訓泥爾　歐 淚特 ㄏ一我 逼 貝克

他遲早會回來！

some day

桑　　　得

將來、總有一天

深入分析：

不是字面的意思「某些天」，而是表示在未來的某個時間點的意思。

應用例句：

I'd love to go with you some day.

愛屋 勒夫 兔 購 位斯 優 桑 得

我很希望將來可以和你一起去。

I'll meet her again some day.

愛我 密 喝 愛乾 桑 得

我將來一定會再見到她。

in the future

引 勒 佛一求

未來、從今以後

深入分析：

表示在將來的某個時間點，通常適在用説明某件將來的計畫的意思。

應用例句：

Could you be more careful in the future?

苦 揪兒 逼 摩爾 卡耳佛 引 勒 佛一求

你從今以後能小心一點嗎？

In the future I won't try to see her again.

引 勒 佛一求 愛 甕 踹 兔 吸 喝 愛乾

我將來不會再嘗試要見她了。

day after day
得　　せ副特　得
每天

深入分析：

表示很頻繁，也就是時間頻繁到每一天都會發生的意思。

應用例句：

It keeps coming up day after day.
一特 機舖斯　康密因　阿鋪 得　せ副特　得
它每天都會發生。

I'm so busy day after day.
愛門 蒐 逼日　得　せ副特 得
我每一天都很忙。

for the weekend

佛　勒　屋一肯特

度週末

深入分析：

表示在週末時間中，有計畫做某事的意思。

應用例句：

I came home for the weekend.

愛 給悶　厚　佛　勒　屋一肯特

我回家度週末。

Do you have any plans for the weekend?

賭　優　黑夫 安尼 不蘭斯 佛　勒　屋一肯特

你週末有什麼計畫嗎？

all day long

歐 得 龍

一整天

深入分析：

表示時間持續一整天，也就是做某事或情況持續的意思，也可以只用 "all day" 表示。

應用例句：

I watched TV all day long.

愛 襪區的 踢飛 歐 得 龍

我一整大都在看電視！

It has rained all day today.

一特 黑資 瑞安的 歐 得 特得

今天一整天都在下雨。

call on
摳　　忘
拜訪（某人）

深入分析：

表示探望、拜訪，而不是打電話的意思。

應用例句：

I called on him on my way home.
愛 摳的 忘 恨 忘 買 位 厚
在回家的路上，我順道去拜訪了他。

I'll call on Eric sometime next week.
愛我 摳 忘 艾瑞克 桑太ㄇ 耐司特 屋一克
下星期我會找個時間去找艾瑞克。

相關用法：

on call
忘 摳
隨傳隨到

at least

ㄟ　利斯特

不少於、至少

深入分析：

表是一定數量的基礎，也可以是強調在不好的情況下，也有好事發生的意思。

應用例句：

It will cost at least $1000.

一特 我 寇斯特 ㄟ 利斯特 萬睹忍塔樂斯

這個至少要價一千美元。

The car was damaged, but at least he wasn't hurt.

勒 卡 瓦斯 單名居的 霸特 ㄟ 利斯特 厂一 瓦認 赫特

車子毀了，但至少他沒有受傷。

at last

ㄟ 賴斯特
最後、終於

深入分析：

表示事情的發展，已到最後的時間點的意思。

應用例句：

At last they reached Japan.
ㄟ 賴斯特 勒 瑞區的 假潘
他們終於抵達日本了。

At last he's starting to help us.
ㄟ 賴斯特 ㄏ一斯 司打贏 兔 黑耳ㄆ 惡斯
最後他總算開始幫助我們了。

all the time

歐 勒 太ㄇ

經常、自始自終

深入分析：

表示時間是經常，也可以是表示「從以前到現在」的頻繁程度。

應用例句：

It's always changing all the time.

依次 歐維斯 勸居引 歐 勒 太ㄇ

情況老是在改變。

I have to take care of you all the time.

愛 黑夫 兔 坦克 卡耳 歐夫 優 歐 勒 太ㄇ

我老是要照顧著你！

at all times

ㄟ 歐 太ㄇ斯

無時無刻

深入分析：

同樣是頻繁的程度，表示無時無刻、一直都是如此的意思。

應用例句：

I always watch TV at all times.
愛 歐維斯 襪區 踢飛 ㄟ 歐 太ㄇ斯
我無時無刻不是在看電視。

She's carrying a knife with her at all times.
需一斯 卡瑞引 ㄜ 耐夫 位斯 喝 ㄟ 歐 太ㄇ斯
她老是隨身攜帶一把刀子。

as usual

ㄟ斯 右左

像往常的、平時的

深入分析：

表示目前的情況和之前一樣，類似中文的「老樣子」，沒有太大變化的意思，人事物均適用。

應用例句：

On Sundays I get up early as usual.

忘　桑安得斯 愛 給特 阿鋪 兒裡 ㄟ斯 右左

星期天我還是照常很早就起床。

He still went out for lunch as usual.

ㄏㄧ 斯提歐 悶特 凹特 佛　濫去 ㄟ斯 右左

他還是跟往常一樣出去吃午餐。

同義片語：

as a rule

ㄟ斯 ㄜ 如爾

通常

071

look something up
路克 桑性 阿鋪
查閱、查詢

深入分析：

表示查詢資料，**以找到答案或追求真相的意思。**

應用例句：

I tried to look it up in a dictionary.
愛 踹的 兔 路克 一特 阿鋪 引 ㄜ 低尋耐蕊
我有試著去查字典。

I'll look up the times of the trains.
愛我 路克 阿鋪 勒 太ㄇ斯 歐夫 勒 春安斯
我會去查火車的時刻表。

look up someone

路克　阿鋪 桑萬

拜訪某人

深入分析：

表示登門拜訪某人的意思。

應用例句：

I'll look him up on my way home.

愛我 路克 恨 阿鋪 忘 買 位 厚

我會在回家的路上順道去拜訪他。

I'd look him up some other time.

愛屋 路克 恨 阿鋪 桑 阿樂 太鬥

我改天會再去拜訪他。

after all

ㄝ副特　歐
畢竟、結果仍舊

深入分析：

表示事情發展的最後結局，**有強調結論的意思。**

應用例句：

We decided to go by train after all.
屋依 低賽低的 兔 購　百 春安 ㄝ副特 歐
我們最後還是決定搭乘火車過去。

I waited, but she didn't show up after all.
愛 位踢的 霸特 需　低等　秀 阿鋪 ㄝ副特 歐
我等了這麼久，最終她還是沒有出現。

pass away
怕斯　ㄟ為
死亡

深入分析：

表示死亡的意思。

應用例句：

Susan passed away at her home last night.
蘇珊　怕斯的　ㄟ為　ㄟ咽　厚　賴斯特　耐特
蘇珊昨晚在她家去世了。

His father passed away a couple days ago.
厂　斯　發得兒　怕斯的　ㄟ為　ㄜ　咖啵　得斯　A購
他的父親前幾天過世了！

相關用法：

pass out
怕斯　凹特
昏倒

pass by

怕斯 百

（時間）過去、經過、忽略

深入分析：

若是說明時間，就表示表示過去的這段時間，也有「忽略」的意思。

應用例句：

Many years have passed by since we met last time.

沒泥 一耳斯 黑夫 怕斯的 百 思恩思 屋依 妹特 賴斯特 太ㄇ

自從我們上次見面到現在，已經經過好幾年了。

They just passed by without greeting him.

勒 賈斯特 怕斯的 百 慰勞 故里停 恨

他們經過而沒有向他打招呼。

try on
踹　忘
試穿（衣物、鞋子等）

深入分析：

表示購買衣物、鞋子等的試穿。

應用例句：

May I try on this coat?
美　愛 踹 忘 利斯 寇特
我可以試穿這件外套嗎？

Try on this sweater to see how it looks.
踹　忘 利斯　司為特　兔　吸　好 一特 路克斯
試穿這件毛衣看看效果如何。

run into

日忘 引兔
撞上、偶遇

深入分析：

若是說明物品，**通常是碰撞的意思，若指人際之間，則為雙方偶遇的意思。**

應用例句：

The bus ran into a bicycle.
勒 巴士 潤 引兔 ㄜ 拜西口
公車撞上自行車。

I ran into my ex-girlfriend last night.
愛 潤 引兔 買 愛司哥樓富懶得 賴斯特 耐特
我昨天晚上遇到了前女友。

look for

路克　佛

尋覓、希望得到

深入分析：

表示搜尋、尋找，也可以引申為希望得到某物的意思。

應用例句：

I'm looking for something new to do.

愛門 路克引 佛 桑性 紐 兔賭

我正找一些新鮮事來做。

I'm looking for a new job.

愛門 路克引 佛 去 紐 假伯

我正在找新工作。

look forward to
路克　佛臥得　免
期待

深入分析：

to 是介詞，後面可以接名詞或動名詞，表示期待的人事物。

應用例句：

I'm looking forward to my vacation.
愛門 路克引　佛臥得　免 買　肥肯遜
我很期待我的假期！

I look forward to seeing David.
愛 路克 佛臥得　免　吸引　大衛
我期待能和大衛見面。

determine on

底特明　　　　　忘

決心、致力於

深入分析：

on 後面要接動名詞或名詞，表示致力於做某事的意思。

應用例句：

He is determined on becoming a lawyer.

厂一 急思 底特明的 　 忘 　 過康密凶 　 ㄜ 漏一兒

他決心當一名律師。

He has determined on proving his methods right.

厂一 黑宜 　 底特明的 　 忘 　 埔夫引 ㄏ一斯 妹席斯 　 軟特

他已經決定證明他的方法是對的。

care about

卡耳　　爺寶兒

感興趣、關心、擔心

深入分析：

about 後面要接名詞或動名詞，除了表示「感興趣...」之外，也可以表示所擔心或關心的事。

應用例句：

I will never care about you.

愛 我　耐摩 卡耳　爺寶兒　優

我不會再關心你了！

I don't care about other people.

愛 動特 卡耳 爺寶兒　阿樂　批剖

我不會擔心其他人。

Don't you care about losing your job?

動特　　優　　卡耳 爺寶兒 路濕引 幼兒 假伯

你難道不擔心失去工作嗎？

be famous for

逼 飛摩斯 · 佛

以……而著名

深入分析：

因好名聲而聞名，**則是**"be famous for something"，**但若是壞名聲則不適用。**

應用例句：

This restaurant is famous for its fine food .

利斯 瑞斯特讓 意思 飛摩斯 佛 一次 凡 福的

這家餐廳以佳餚而著名。

Taipei is famous for its 101 Building.

台北 意思 飛摩斯 佛 一次 萬歐萬 批優丁

台北以 101 大樓而著名。

face to face

飛斯　兔　飛斯

面對面

深入分析：

表示要直接面對人或事件，**而非透過信件或任何電子儀器的意思。**

應用例句：

We never met face to face.

屋依 耐摩　妹特 飛斯 兔 飛斯

我們從來沒見過面。

They stood over there face to face.

勒　史督　歐佛　淚兒　飛斯 兔 飛斯

他們面對面站在那兒。

on the whole
忘 勒 猴
整體而言

深入分析：

表示整體事件的評論，"the whole" 就是全部的意思。

應用例句：

On the whole, they're happy.
忘 勒 猴 勒阿 黑皮
整體而言，他們是快樂的！

On the whole, he's doing fine.
忘 勒 猴 黑一斯 督引 凡
整體而言，他表現得不錯！

fall for

佛 佛
受騙、愛上

深入分析：

表示深深陷入某種情境，**通常是受騙或愛上某人的意思。**

應用例句：

Don't fall for the tricks.
動特 佛 佛 勒 處一死
不要被詭計所騙。

I have no idea why she fell for David.
愛 黑夫 弄 愛滴兒 壞 需 斐爾 佛 大衛
我不知道她為何會愛上大衛。

call back

摳　　貝克

召回、回電話、記起

深入分析：

字面意思是回電及召回，**但其實也有想起、憶起的意思。**

應用例句：

I was called back from my holiday.

愛 瓦雌 摳的　貝克　防　買　哈樂得

我從度假中被召回來。

I'll call you back.

愛我 摳　優　貝克

我再回你電話。

I can't call his name back.

愛肯特　摳 ㄏ一斯 捏嗯 貝克

我記不起他的名字了。

fill up

飛爾 阿鋪

裝滿、填寫（空格、表格等）

深入分析：

通常是表示裝滿或充滿，可以是吃飽或某物被填滿的意思。

應用例句：

The room soon filled up with people.
勒 入門 訓 飛爾的 阿鋪 位斯 批剖
房間很快就擠滿了人。

That sandwich filled me up.
類 三得位七 飛爾的 密 阿鋪
我吃三明治吃得好飽！

Please fill up my oil tank.
普利斯 飛爾 阿鋪 買 歐一耳 坦克
請把我的油箱加滿。

be familiar with

逼　佛咪裡兒　　位斯

對……熟悉的、瞭解的

深入分析：

表示某人或對某事物很瞭解、熟悉的意思。

應用例句：

She is familiar with English.

需　意思　佛咪裡兒　位斯　因葛立緒

她通曉英語。

Are you familiar with David?

阿　　優　佛咪裡兒　位斯　　大衛

你和大衛熟識嗎？

take care of
坦克　卡耳　歐夫
照顧、照料

深入分析：

表示照料、照護某人或某事，也有要對方保重的意思。

應用例句：

The nurse takes good care of the patient.
勒　忍司 坦克斯　估的 卡耳 歐夫 勒　配訓
護士把病人照顧得很好。

Take care of the baby while I am out.
坦克 卡耳 歐夫 勒 卑疕　壞兒 愛 M　凹特
我不在的時候，請你照顧一下孩子。

A : Take care.
坦克 卡耳
多保重！

B : I will.
愛 我
我會的！

generally speaking
捐奶瑞裡　　司批慶
大致上來說

深入分析：

表示準備要下結論，**通常是要分析所知曉的事，是為轉折用語。**

應用例句：

Generally speaking, women live longer than men.
捐奶瑞裡　司批慶　　屋門　立夫 龍葛兒 連　門
大致上來說，女人比男人長壽。

Generally speaking, I did what I had to do.
捐奶瑞裡　　司批慶　愛 低 華特 愛 黑太 兔 賭
大致上來說，我做我該做的事。

tell...from
太耳　防
區別、辨別

深入分析：

這句話和說話沒有關係，而是指能區分、分辨某物或某人的意思。

應用例句：

I can't tell you from Kate.
愛 肯特 太耳 優　防　凱特
我分辨不出你和凱特。

I can't tell the truth from a lie.
愛 肯特 太耳 勒 處司　防 ㄜ 賴
我無法從謊言中分辨出事實。

get along with
給特 A弄 位斯
關係良好

深入分析：

表示人際之間的關係是良好的意思，from 後面接對象。

應用例句：

Do you get along with your family?
賭 優 給特 A弄 位斯 幼兒 非摸寧
你和家人的關係好嗎？

I didn't get along with my friends.
愛 低等 給特 A弄 位斯 賞 富懶得撕
我和我的朋友關係不好！

make friends
妹克　富懶得撕
交朋友

深入分析：

字面意思是製造朋友，也就是交朋友的意思，通常使用 friends 的複數語句。
若是和朋友絕交，則通常使用："We're not friends anymore."。

應用例句：

I enjoy making new friends.
愛 因九引 妹青　紐　富懶得撕
我喜歡交新朋友。

I made a lot of friends when I was in Taiwan.
愛 妹得　ㄜ 落的 歐夫 富懶得撕 昏　愛 瓦雖 引　台灣
我在台灣的時候交了很多的朋友。

in front of

引 防特 ● 歐夫

在前面

深入分析：

表示相對位置就在某人或某物的正前方的意思。

應用例句：

We parked our car in front of a park.

屋依 怕課的 凹兒 卡 引 防特 歐夫 ㄜ 怕課

我們把車停在一個公園前面。

It's in front of the bank.

依次 引 防特 歐夫 勒 班課

就在銀行前面。

反義用法：

in back of

引 貝克 歐夫

在後面

in all

引 歐

總計、全部

深入分析：

表示加總計算所得到的結果的意思。

應用例句：

There are forty students in all.
涙兒 阿 佛踢 司都等斯 引 歐
總共有四十個學生。

There were hundreds of people present in all.
涙兒 我兒 哼濁爾斯 歐夫 批剖 撲一忍特 引 歐
總計有好幾百人出席。

keep on

機鋪　　忘
繼續（做某事）

深入分析：

on 後面要加動名詞，表示持續目前正在做的某事的意思。

應用例句：

He kept on asking me out.
ㄏㄧ 給波的 忘　愛斯清　密　凹特
他一直約我出去。

They kept on asking me questions.
勒　給波的 忘 愛斯清　密　魁私去斯
他們老是問我問題。

go ahead
購　耳黑的
去做吧、允許做某事

深入分析：

表示應允某人做某事，**或鼓勵對方繼續正在做的事的意思。**

應用例句：

A : May I ask you a rather personal question?
美 愛 愛斯克 優 ㄜ 蕊爾 波審挪 魁私去
我可以問你一個相當私人的問題嗎？

B : Sure, go ahead.
秀 購 耳黑的
當然可以，你問吧！

in need
引 尼的
需要、缺乏

深入分析：

表示情況是在急需中的，**也就是非常需要的意思。**

應用例句：

We are in need of money.
屋依 阿 引 尼的 歐夫 曼尼
我們急需用錢！

A friend in need is a friend indeed.
ㄜ 富懶得 引 尼的 意思 ㄜ 富懶得 引弟的
患難之交才是真正的朋友。

反義用法：

be short of
逼 秀的 歐夫
缺乏、不足

in short
引　秀的
簡而言之

深入分析：

表示下結論、總括而言，也就是長話短說並加以分析的意思。

應用例句：

In short, I don't love you anymore.
引　秀的 愛 動特　勒夫　優　安尼摩爾
簡而言之，我不再愛你了！

In short, David is hopeless.
引　秀的　大衛 意思 厚ㄆ賴斯
簡而言之，大衛沒有希望了！

grow up

葛羅　阿鋪

成長

深入分析：

grow up 表示從小到大的成長過程的意思，若是你對某人說"Grow up."，表示要對方「成熟點，不要這麼幼稚」的意思。

應用例句：

Grow up, young man.

葛羅 阿鋪　羊　賣せ

年輕人，不要這麼幼稚！

She grew up on a farm.

需　骷顱 阿鋪 忘 ㄜ 方

她在農場長大的。

I grew up in Taiwan.

愛 骷顱　阿鋪 引　台灣

我是在台灣長大的。

work out

臥克　　凹特

健身、解決、計算出

深入分析：

通常是指健身、運動，也可以是解決問題或計算出某種結果的意思。

應用例句：

Have you worked out the solution yet?

黑夫　優　臥克的　凹特 勒　色魯迅　耶特

你有找出解決的方法嗎？

Nothing was working out right.

那性　瓦雌　臥慶　凹特 軟特

沒有一件事情有做對。

Is your new assistant working out OK?

意思 幼兒　紐　阿撕一撕疼的　臥慶　凹特　OK

你的新助理適任嗎？

deal with

低兒　位斯

處理、交往、關於、與……交涉

深入分析：

表示處理人事物，**也有與人協調的意思。**

應用例句：

How do you deal with this problem?

好　賭　優　低兒 位斯 利斯　撲拉本

你要如何處理這個問題？

We have to deal with problems as they arise.

屋依 黑夫　兔 低兒 位斯　撲拉本斯 ㄟ斯 勒　阿端斯

當問題發生時，我們要去解決這個問題。

I have no idea how to deal with people.

愛 黑夫 弄 愛滴兒 好 兔　低兒 位斯　批剖

我不知道該如何和人相處。

figure out

非葛　凹特

計算、想出

深入分析：

具有猜測的意味，表示探詢結論的意思。

應用例句：

Did you figure out how much money you need?
低 優 非葛 凹特 好 罵區 曼尼 優 尼的
你有計算出來你需要多少錢嗎？

Can you figure out how to open this?
肯 優 非葛 凹特 好 免 歐盆 利斯
你知道要如何打開嗎？

I've never been able to figure her out.
愛夫 耐摩 兵 阿伯 免 非葛 喝 凹特
我從來就不瞭解她。

find out
煩的　凹特
發現、查出

深入分析：

表示發覺了原本不被知道的事或線索。

應用例句：

Did you find out why he was gone?
低　優　煩的　凹特　壞　ㄏ一　瓦雌　槓
你有發現他失蹤的原因了嗎？

I'm trying to find out the secrets.
愛門　踹引　兔　煩的　凹特　勒　西鬼撕
我正試圖要找出秘密。

What did you find out?
華特　低　優　煩的　凹特
你有發現什麼嗎？

because of
逼寇司　　　歐夫
因為、由於

深入分析：

說明原因的常用片語，of 後面接名詞的原因或理由。

應用例句：

He didn't show up to class because of his illness.
厂一　低等　　秀　阿鋪 兔 克萊斯　逼寇司　歐夫 厂一斯 愛喔泥需
由於他生病，他沒有來上課。

The game was delayed because of bad weather.
勒　給門　瓦雌　滴淚的　逼寇司　歐夫 貝特　威樂
因為氣候不良，所以比賽延誤了！

give up
寄　　阿鋪
放棄、停止

深入分析：

表示放棄原本或正在做的某件事，up 後面可以接動詞或動名詞。

應用例句：

He asked me to give up drinking.
ㄏㄧ 愛斯克特 密 兔　寄 阿鋪　朱因器
他要我戒酒。

David gave up yesterday.
大衛　給夫 阿鋪 夜司特得
大衛昨天就放棄了！

Don't give up.
動特　寄 阿鋪
別放棄！

in trouble
引　插伯
陷入困境

深入分析：

和字面意思一樣，表示深陷麻煩事的意思，表示有麻煩事了。

應用例句：

Are you in trouble?
阿　優　引　插伯
你有麻煩嗎？

We're in deep trouble.
屋阿 引 低波　插伯
我們身陷嚴重的困境！

I'm in real trouble now.
愛門 引 瑞兒 插伯　惱
我有大麻煩了！

in a hurry

引 ㄜ 喝瑞

慌張地、匆忙地

深入分析：

表示時間不夠了，**得在匆忙的情況下**(in a hurry)**做某事的意思。**

應用例句：

Don't do things in a hurry.

動特 賭 性斯 引 ㄜ 喝瑞

不要倉促行事。

Nothing is ever done in a hurry.

那性 意思 A模 檔 引 ㄜ 喝瑞

倉促是辦不成事的。

catch up

凱區　　阿鋪

趕上、趕追

深入分析：

catch 是追捕的意思，catch up 則有原本落後，但後來趕上了的意思。

應用例句：

I'll catch you up in a few minutes.

愛我 凱區 優 阿鋪 引 ㄜ 否　咪逆疵

我會在幾分鐘內趕上你。

They're catching up soon.

勒阿　　凱區引　阿鋪　訓

他們很快就會趕上來。

check in

切客　　引

登記住宿、報到、簽到

深入分析：

舉凡飯店住宿登記、報名簽到等，都可以用 check in 表示。

應用例句：

Have you checked in at the hotel yet?

黑夫　優　　切客的　引ㄟ 勒 厚得耳 耶特

你在旅館登記住宿了嗎？

We have to check in at ten o'clock.

屋依 黑夫 兔　切客 引ㄟ　天ㄙ克拉克

我們必須在十點鐘辦理簽到。

反義用法：

check out

切客　凹特

結帳

hang up
和 阿鋪
掛斷電話

深入分析：

表示將話筒掛上，**也就是掛斷電話的意思。**

應用例句：

I was so angry that you hung up on me.
愛 瓦雌 蒐 安鬼 類 優 和 阿鋪 忘 密
我很生氣你掛我的電話。

Don't hang up – there's something else I want to say.
動特 和 阿鋪 淚兒斯 桑性 愛耳司 愛 忘特 兔 塞
不要掛斷電話，我還有話想要說。

hang on
和　　忘
抓住、堅持、不要掛斷電話

深入分析：

表示不要放手、堅持、等候的意思，也可以延伸為不要掛斷電話之意。

應用例句：

He hung on until the rope broke.
ㄏ一　和　　忘 骯提爾 勒 若破　不羅客
他抓緊著直到繩子斷了。

Hang on – I'll be with you in a minute!
和　忘　　愛我 逼 位斯 優　引 ㄜ 咪逆特
等一下，我馬上回來。

Would you like to hang on?
屋　揪 賴克 兔 和　忘
請你不要掛斷電話好嗎？

in person

引 波審
親自

深入分析：

通常是表示面對面，**而非透過電話或電子郵件，也表示「親自」的意思。**

應用例句：

I'll apply for the job in person.
愛我 噁不來 佛 勒 假伯 引 波審
我會親自去申請這個工作。

He can't attend the meeting in person.
ㄏ一 肯特 ㄝ天 勒 密挺引 引 波審
他無法親自出席會議。

take after

坦克　　せ副特

遺傳自（某人）

深入分析：

表示外表或個性遺傳到某人的意思。

應用例句：

Most of my children take after my husband.

摩斯特 歐夫 買　斤准兒　坦克 せ副特 買　哈色奔

我大部分的孩子都比較像我先生。

I take after my mother's side of the family.

愛 坦克 せ副特 買　媽得兒斯 塞得 歐夫 勒 非摸寧

我得自母親的家族遺傳。

laugh at

賴夫 ㄟ
嘲笑

深入分析：

表示某人或某事顯得愚蠢的意思，帶有嘲笑的意味，at 後面通常接人。

應用例句：

Everyone will laugh at me.
哀複瑞萬 我 賴夫 ㄟ 密
大家都會嘲笑我。

What are you laughing at?
華特 阿 優 賴夫引 ㄟ
你在笑什麼？

take it easy
坦克　一特　一日
放輕鬆、冷靜

深入分析：

表示勸人要放輕鬆、不要緊張的意思。

應用例句：

You'd better take it easy until you feel better.
優的　杯特　坦克　一特　一日　骯提爾　優　非兒　杯特
你放輕鬆就會舒服點！

Take it easy - don't get mad.
坦克　一特　一日　動特　給特　妹的
放輕鬆，不要生氣！

hand in
和的　引
交出

深入分析：

表示將某物交出給某人的意思。

應用例句：

She handed her term paper in late.
需　和得一得 喝　　疼　　呸婆　引 淚特
她很晚才交出論文。

"Hand in your test paper." said the teacher.
和的　引 幼兒 太斯特 呸婆　　曬得 勒　　踢球兒
老師說：「交出你們的試卷。」

carry out
卡瑞　　凹特
完成

深入分析：

通常是指執行並完成某件事的意思。

應用例句：

We can carry out the plan without difficulty.
屋依 肯　卡瑞　凹特 勒　不蘭　　慰勞　　低非扣踢
我們可以毫無困難地完成那項計畫。

You have to carry out your own obligations.
優　黑夫 免 卡瑞　凹特 幼兒　翁　阿不理給訓斯
你要履行自己的義務。

break in

不來客　引

破門而入

深入分析：

通常表示非法強行進入某建築或房子的意思。

應用例句：

He broke in and stole my money.

ㄏㄧ 不羅客 引 安　司斗　買　曼尼

他破門而入，然後偷走了我的錢。

David broke in through the kitchen window.

大衛　不羅客 引　輸入　勒　雞勸　屋依斗

大衛從廚房窗戶闖進來。

In spite of
引 失敗　　歐夫
儘管

深入分析：

表示不理會某件不好的事的意思。

應用例句：

In spite of a bad storm, the plane landed safely.
引　失敗 歐夫 ㄜ 貝特　石頭　　勒　不蘭　　難得的　賽夫裡
儘管有嚴重的暴風，飛機仍安全降落。

In spite of his injury, he'll play in Sunday's game.
引　失敗 歐夫 ㄏ一斯 引絕理 ㄏ一我 舖漏 引 桑安得斯　　給門
儘管受傷，他還是會參加星期天的比賽。

in common

引　康門

相似的、共同的

深入分析：

表示某些事物彼此之間是有共同點的。

應用例句：

He and I have many things in common.

ㄏㄧ 安 愛 黑夫 沒泥　性斯 引　康門

他和我有很多相似之處。

We have a kitchen in common.

屋依 黑夫 ㄜ 雞勸　引　康門

我們的廚房是共用的。

fed up with

費的 阿鋪 位斯

厭倦的、不滿的

深入分析：

表示對某事感到厭煩、不滿的意思。

應用例句：

We're fed up with his carelessness.

屋阿 費的 阿鋪 位斯 ㄏ一斯 卡耳理斯泥斯

我們對他的粗心很不滿。

She's fed up with the weather here.

需一斯 費的 阿鋪 位斯 勒 威樂 ㄏ一爾

她對這裡的天氣極其厭倦。

be used to
逼 又司的 兔
習慣於

深入分析：

to 為介詞，**後面要接名詞或動名詞。**

應用例句：

I'm not used to Taiwanese food yet.
愛門 那 又司的 兔 台灣你撕 福的 耶特
我還是不習慣台灣的食物。

David is used to staying up.
大衛 意思 又司的 兔 斯得引 阿鋪
大衛已經習慣熬夜了！

He's used to beginning without me.
ㄏ一斯 又司的 兔 逼跟引 慰勞 密
他習慣沒有我就先開始。

get used to
給特　又司的 兔

習慣於……（某事）

深入分析：

to **為介詞，後面要接名詞或動名詞。**get used to **通常也可以與** be used to **替代使用。**

應用例句：

He's not used to western food.
厂一斯 那 又司的 兔 威斯疼　福的
他不習慣吃西餐。

We are used to working together.
屋依 阿 又司的 兔　臥慶　　特給樂
我們習慣一起工作。

We get used to walking our dog after dinner.
屋依 給特 又司的 兔　臥克引　凹兒 鬥個　ㄝ副特　丁呢
我們習慣晚飯後遛狗！

on foot
忘　復特
步行

深入分析：

表示用雙腿走路至某地，**而非仰賴其他交通工具的意思。**

應用例句：

Are you going by bicycle or on foot?
阿　優　勾引　百 拜西口　歐 忘　復特
你是騎自行車或走路去的？

We went to the park on foot.
屋依 問特 兔　勒　怕課 忘　復特
我們是走路去公園的。

fall in love with someone
佛　引　勒夫　位斯　桑萬
愛上某人

深入分析：

表示喜愛上某人或和某人正在戀愛的意思。

應用例句：

I fell in love with David.
愛 飛 引 勒夫 位斯 大衛
我愛上大衛了！

I fell in love with her.
愛 飛 引 勒夫 位斯 喝
我和她陷入愛河中了！

cheer up
起兒　　阿鋪
振作起來、使高興

深入分析：

鼓勵某人振作、不要喪氣或不開心的意思。

應用例句：

Cheer up! The news isn't too bad.
起兒 阿鋪 勒　紐斯　一任 兔 貝特
振作起來，這消息不算太壞。

Cheer up! It's not really that bad.
起兒 阿鋪 依次 那 瑞兒裡 類 貝特
高興點！事情沒有那麼糟糕啦！

have a good time

黑夫 ㄜ 估的 太ㄇ

玩得痛快

深入分析：

字面是擁有快樂的時光，也就是玩得很開心的意思。

應用例句：

We all had a good time after school.

屋依 歐 黑的 ㄜ 估的 太ㄇ ㄝ副特 撕褲兒

放學後我們所有人都玩得很盡興！

They had a good time in the park.

勒 黑的 ㄜ 估的 太ㄇ 引 勒 帕課

他們在公園裡玩得很開心！

make up for
妹克　阿鋪 佛
因（某事）補償

深入分析：

表示因為愧對於某人或某事，**而做某事企圖補償的意思。**

應用例句：

I'll make up for doing this to you.
愛我 妹克 阿鋪 佛 督引 利斯 兔 優
（因為）對你做的這件事，我會補償你的。

He bought her dinner to make up for being rude to her.
ㄏㄧ 伯特 喝 丁呢 兔 妹克 阿鋪 佛 逼印 入的 兔 喝
他帶她去吃晚餐，以彌補對她的粗魯行為。

be engaged in

逼　引給居的　　引
忙於、從事

深入分析：

表示忙碌於從事某事的意思。

應用例句：

He's engaged in learning English.
厂一斯 引給居的 引　冷飲　因葛立緒
他專心學習英文。

I've been engaged in teaching for ten years.
愛夫　兵　　引給居的 引　踢去引　佛　天　耳斯
我從事教學已經十年了。

put someone to bed

鋪　桑萬　兔　杯的

使某人上床睡覺

深入分析：

字面意思是將某人放在床上，其實是表示哄睡、料理上床睡覺的意思。

應用例句：

I'll call you after I put the kids to bed.

愛我 摳　優　ㄝ副特 愛 鋪　勒　ㄎ一資 兔 杯的

等我把小孩料理好上床睡覺後，我會打電話給你。

Did you put the kids to bed every night?

低　優　鋪　勒 ㄎ一資 兔 杯的 ㄝ肥瑞 耐特

你有每天晚上料理孩子們上床睡覺嗎？

as soon as

ㄟ斯 訓　ㄟ斯

一旦…立即

深入分析：

表示「一旦…馬上就…」的意思。

應用例句：

We got married as soon as he left university.

屋依 咖　妹入特　ㄟ斯　訓　ㄟ斯　厂一　賴夫特　優呢封色替

我們在他大學畢業後就結婚了。

I'll call you as soon as I arrive in Taipei.

愛我 摳　優 ㄟ斯　訓 ㄟ斯 愛 阿瑞夫 引　台北

我一抵達台北就會打電話給你。

as soon as possible

ㄟ斯 訓 ㄟ斯 趴色伯

盡可能的立即

深入分析：

表示盡可能立即或快一點做某事的意思。

應用例句：

Have him call me back as soon as possible.
黑夫 恨 摳 密 貝克 ㄟ斯 訓 ㄟ斯 趴色伯
請他盡快回我電話！

You got to check this out as soon as possible.
優 咖 免 切客 利斯 凹特 ㄟ斯 訓 ㄟ斯 趴色伯
你要盡快查出來！

A : When do you want it?
昏 賭 優 忘特 一特
你什麼時候要？

B : As soon as possible.
ㄟ斯 訓 ㄟ斯 趴色伯
盡快！

just now
賈斯特 惱
剛剛

深入分析：

表示時間點就在「剛剛」、「前一刻」，表示事情是剛發生不久的意思。

應用例句：

Who was that at the door just now?
乎 瓦雌 類 ㄟ 勒 斗 賈斯特 惱
剛剛是誰在門外？

A : When did you come back?
昏 低 優 康 貝克
你什麼時候回來的？

B : Just now.
賈斯特 惱
就剛才。

help someone out

黑耳ㄆ 桑萬 凹特
解決困境

深入分析：

有協助的意思，通常是指在刻苦的環境下，受到某人提供的協助或事物，而能解決問題的意思。

應用例句：

David helped me out when I lost my job.
大衛 黑耳ㄆ的 密 凹特 昏 I 漏斯特 買 假伯
我失業時大衛幫我擺脫困難。

He helped us out at the store when we're busy.
ㄏ一 黑耳ㄆ的 惡斯 凹特 ㄟ 勒 死同 昏 屋阿 逼日
他在我們店裡很忙的時候來幫忙。

We can help out by giving money to the Red Cross.
屋依 肯 黑耳ㄆ 凹特 百 寄敏 曼尼 兔 勒 瑞德 國司
我們可以透過捐錢給紅十字會解決困境。

look after
路克　　ㄝ副特
照顧

深入分析：

字面意思是用眼睛看後面，**引申為照料某人或某事物的意思。**

應用例句：

He looks after his father during the day.
ㄏ一 路克斯 ㄝ副特 ㄏ一斯 發得兒 夭引 勒 得
他白天要照顧他的父親。

He can look after himself
ㄏ一 肯 路克 ㄝ副特 恨塞兒夫
他可以自己照顧自己。

Who will look after your kids?
乎 我 路克 ㄝ副特 幼兒 ㄎ一資
誰要來照料你的孩子？

carry on
卡瑞 忘
繼續進行

深入分析：

表示某事目前的狀況是持續進行中，on 的後面要接名詞或動名詞。

應用例句：

I tried to carry on my experiments.
愛 踹的 兔 卡瑞 忘 買 一撕批弱門斯
我嘗試過要繼續我的研究。

We'll carry on our discussion tomorrow.
屋依我 卡瑞 忘 凹兒 低司卡遜 特媽樓
我們明天將繼續我們的討論。

We carry on doing it.
屋依 卡瑞 忘 督引 一特
我們繼續做這件事。

listen to
樂身　　兔
聆聽

深入分析：

表示仔細聆聽、注意聽的意思，像是聽音樂、聽收音機，或是聽某人講話，甚至是仔細聽某種不正常的聲音的情境都適用。

應用例句：

I enjoy listening to the music.
愛 因九引　樂身因　兔 勒　謬口克
我很喜歡聽音樂！

I don't listen to the radio.
愛 動特　樂身　兔 勒 瑞敵歐
我沒有在聽收音機。

Listen to this!
樂身 兔 利斯
你聽聽看這個！

in a sense

引 ㄜ 攝影師
在某種意義上

深入分析：

適用在分析事物，有一言以蔽之的意味，也可表示下結論，而此結論原本是受到大家爭論不休的議題。

應用例句：

It doesn't make any sense, does it?
一特 得任 妹克 安尼 攝影師 得斯 一特
這沒有道理，不是嗎？

What he says is true in a sense.
華特 ㄏ一 塞斯 意思 楚 引 ㄜ 攝影師
他所說的，在某種意義上是正確的。

In a sense, she is not alive.
引 ㄜ 攝影師 需 意思 那 ㄜ賴夫
從某種意義上來說，她不是個活人。

be familiar to

逼　佛咪裡兒　　免

熟悉（某人或某物）

深入分析：

表示某事物對某人來説是很瞭解、熟悉的，主詞通常為物，而非人。

應用例句：

The street was familiar to me.

勒　斯吹特 瓦雌 佛咪裡兒 兔 密

我對這些街道很熟悉！

These items are familiar to us.

利斯　唉疼斯 阿　佛咪裡兒 兔 惡斯

這些項目對我們來説是熟悉的。

Both English and Russian are familiar to me.

伯司 因葛立緒　安　　抓遜　　阿 佛咪裡兒 兔　密

我熟悉英語和俄語兩種語言。

go on
購　忘
繼續

深入分析：

表示鼓勵或允許對方不要中斷，持續進行目前正在說或正在做的某事。

應用例句：

I won't go on working in this job forever.
愛 甕　購 忘　臥慶　引 利斯 假伯 佛A模
我不會永遠做這份工作！

Go on, tell me what happened next.
購 忘 太耳 密 華特　黑噴的　耐司特
繼續說吧！告訴我之後發生什麼事！

A : I need your help.
愛 尼的 幼兒 黑耳ㄆ
我需要你的幫助。

B : Go on.
購 忘
說吧，是什麼事？

CHAPTER 03
短語篇

Bye.
拜
再見！

深入分析：

中文口語的再見是「拜！」或「拜拜！」就是從英文 bye 而來的，**是比較隨性及非正式場合適用。**

應用會話：

A : It's too late now. See you later.
依次 兔 淚特 惱 吸 優 淚特
太晚了！再見囉！

B : Bye.
拜
再見！

A : I appreciate it. Thanks.
愛 A 鋪西ㄟ特 一特 山克斯
我很感激，謝謝。

B : Sure thing. Bye.
秀 性 拜
應該的。再見囉！

Sure.
秀
當然好！

深入分析：

sure 是很普遍的口語化英文，通常使用在回答對方「我答應」、「我願意」的情境中。

應用會話：

A : Do you wanna go with us?
賭 優 望難 購 位斯 惡斯
你要和我們一起去嗎？

B : Sure.
秀
好啊！

A : Can you talk for a minute?
肯 優 透克 佛 ㄜ 咪逆特
有空聊一聊嗎？

B : Sure.
秀
當然有。

Next.
耐司特
下一個！

深入分析：

排隊等候才能有順序、守秩序、不混亂，當需要提醒等候者前進時，就可以說"Next!"，表示「輪到你！」

應用會話：

A : Next!
耐司特
下一個！

B : Here is my application.
ㄏ一爾 意思 買 阿不理咖遜
這是我的申請表。

A : Next!
耐司特
下一個！

B : Me?
密
我嗎？

So ?

蒐

所以呢？

深入分析：

當對方提出他的論點之後，若你不認同時，就可以反問："So?"，表示「除此之外，你還有什麼要說明的嗎？」

應用會話：

A : Wait! We're not ready.

位特　犀阿　那　瑞底

等一下！我們還沒準備好！

B : So?

蒐

所以呢？

A : I really dislike your roommate.

愛　瑞兒裡　低思賴克　幼兒　入門妹特

我真的不喜歡你的室友。

B : So?

蒐

所以呢？

And ?
安
然後呢？

深入分析：

若是要對方繼續目前所討論的話題時，就可以在對方發表言論後，詢問對方："And?" 表示追問或是鼓勵對方繼續說下去的意思。

應用會話：

A : They are coming for you!
勒 阿 康密因 佛 優
他們來找你了！

B : And?
安
然後呢？

A : Maybe it's good for you.
美批 依次 估的 佛 優
也許對你來說是好事！

B : And?
安
然後呢？

So what?

蒐　華特

那又怎麼樣？

深入分析：

若是在so的後面加上what的疑問語句，則是帶有「不屑」、「不認同」的意味，帶有「那你想怎麼樣？」的強勢質疑。

應用會話：

A : Don't even think about it.

動特　依悶　施恩客　鄔賣兒　一特

想都別想！

B : So what?

蒐　華特

那又怎麼樣呢？

A : They have got a lot of money.

勒　黑夫　咖ㄜ 落的 歐夫 曼尼

他們很富有。

B : So what?

蒐　華特

那又怎麼樣？

What ?
華特
什麼？

深入分析：

當對方說了些你不甚了解的話時，你就可以說 "What?"，和中文隨口的「什麼」是一樣的，也可以是催促對方「再說一次」的意思。

應用會話：

A : What?
華特
什麼？

B : Nothing.
那性
沒事！

A : You know what?
優 弄 華特
你知道嗎？

B : What?
華特
什麼？

Why ?
壞
為什麼？

深入分析：

想要知道原因的用法有很多種，最常見的就是 "Why?" 。不論是何種情境，都可以用短語 "Why?" 探求答案。

應用會話：

A : You don't want to know why?
優 動特 忘特 免 弄 壞
你不想知道為什麼嗎？

B : Why?
壞
為什麼？

A : Do you have any plans this weekend?
賭 優 黑夫 安尼 不蘭斯 利斯 屋一肯特
你這個週末有事嗎？

B : Why?
壞
為什麼這麼問？

111

Why not ?
壞　　那
好啊！

深入分析：

"Why not?" 除了是「為什麼不可以…」之外，也可以類似中文的「有何不可」的情境，意思就是「好啊」、「可以」。

應用會話：

A : Wanna come with me?
　望難　康　位斯 密
　要和我一起去嗎？

B : Why not?
　壞　那
　好啊！

A : I can't do it.
　愛 肯特　賭 一特
　我辦不到！

B : Why not?
　壞　那
　為什麼不行？

Where ?

灰耳

在哪裡？

深入分析：

地點的問句，多半和 where 有關，不論是人事物等，都可以問 "Where?"

應用會話：

A : Where?

灰耳

在哪裡？

B : You know where.

優　弄　灰耳

你知道在哪裡啊！

A : Put it down over there.

鋪　一特　黨　歐佛　淚兒

把它放在那裡！

B : Where?

灰耳

放哪裡？

Who?
乎
是誰?

深入分析:

當你要詢問的「對象」是人時,則多半用 who,例如「是誰?」就可以說 "Who?",不分男女老少一律都適用。

應用會話:

A : Who?
乎
是誰?

B : It's Jack. Jack Smith.
依次 傑克 傑克 史密斯
是傑克,傑克・史密斯。

A : I ran into an old friend in a pub.
愛 潤 引兔 恩 歐得 富懶得 引 ㄜ 怕撥
我在酒吧碰到了一位老朋友。

B : Who?
乎
是誰?

When ?

昏

什麼時候？

深入分析：

詢問時間或日期等問句多半和 when 有關，通常不適用於指定某一個時間點的問句，而是某個大約的時間或日期。

應用會話：

A : We're going back to Japan.

屋阿 勾引 貝克 兔 假潘

我們要回去日本了。

B : When?

昏

什麼時候要回去？

A : We'll be back. I promise!

屋依我 逼 貝克 愛 趴摩斯

我們會回去的！我保證！

B : When?

昏

那是什麼時候？

Since when ?

思恩思　昏

從什麼時候開始的？

深入分析：

表示「從什麼時候開始的？」適用在當對方說明某件事時，你想要知道這個狀況是何時發生或開始的。

應用會話：

A : I can't eat anything.
愛 肯特 一特 安尼性
我吃不下飯！

B : Since when?
思恩思　昏
是從什麼時候開始吃不下飯的？

A : Mark and I have broken up.
馬克　安 愛 黑夫　不羅肯 阿鋪
馬克和我分手了。

B : Since when?
思恩思　昏
什麼時候的事？

How？
好
該怎麼做？

深入分析：

詢問和「方法」有關的問句時，則多半使用 how 的問句。

應用會話：

A : Why don't you change your plans?
壞 動特 優 勸居 幼兒 不蘭斯
你怎麼不改變你的計畫呢？

B : How?
好
該怎麼做？

A : I'm trying to figure it out.
愛門 踹引 兔 非葛 一特 凹特
我正設法解決這個問題。

B : How?
好
怎麼做？

114

Pardon?

怕等

你說什麼？

深入分析：

當聽不清楚對方所說的話時，中文會說「你說什麼？」英文則可以說 "Pardon?" 表示請對方再說一次的意思。

應用會話：

A : Maybe it's a good...

美批 依次 ㄜ 估的

也許是個好的…

B : Pardon?

怕等

你說什麼？

A : Get the hell out of here!

給特 勒 害耳 凹特 歐夫 ㄏ一爾

滾開！

B : Pardon?

怕等

你說什麼？

Listen!

樂身

聽我說！

深入分析：

當希望對方能夠仔細聆聽你說話時，就可以說"Listen!" 表示「仔細聽我說」的意思。

應用會話：

A : Listen!

樂身

聽我說！

B : I'm listening

愛門　樂身因

我正在聽啊！

A : Listen!

樂身

聽我說！

B : Yeah?

訝

你說！

115

Look.
路克
你瞧！

深入分析：

要對方仔細注意某個物品、人物或事件的意思，也可以是要對方注意接下來你所要說的事。

應用會話：

A : Look.
路克
你瞧！

B : Who is that cute guy?
乎 意思 類 Q特 蓋
那個帥哥是誰啊？

A : Something wrong?
桑性 弄
有問題嗎？

B : Look.
路克
你瞧！

Look out!

路克　凹特

小心！

深入分析：

除了是「向外看」的字面意思，也適用在提醒對方要小心、多注意的意思。

應用會話：

A : Look out!

路克　凹特

小心！

B : Oh, you saved my life.

喔　優　賽夫的　買　來夫

喔！你救了我一命！

A : Look out!

路克　凹特

小心！

B : Thanks for your reminder.

山克斯　佛　幼兒　瑞買得

多謝你的提醒！

See ?

吸

我就說嘛！

深入分析：

若是疑問語的語氣，類似中文「你看，我就說嘛！」表示「我提醒過你，你卻不聽」的情境。

應用會話：

A : See?
吸
我就說嘛！

B : Wow! Impressive.
哇　　引瀑來司夫
哇！令人印象深刻！

A : Oh, my God. It hurts.
喔　買　咖的 一特 赫ㄘ
喔！我的天啊！好痛。

B : See? I warned you before.
吸 愛　旺的　　優　必佛
看吧！我以前就警告過你了。

Shit.
序特
狗屎！

深入分析：

shit 最常見的中文翻譯是指排泄物的意思，若是當成咒罵或碎念語句，則表示糟糕、可惡的意思。

應用會話：

A：Shit.
序特
狗屎！

B：I beg your pardon?
愛 貝格 幼兒 怕等
你說什麼？

A：Shit.
序特
糟糕！

B：What happened to you?
華特 黑噴的 兔 優
你怎麼啦？

117

Yes.
夜司
有！

深入分析：

回答 yes，**是最直接表示答應或首肯的用法。**

應用會話：

A : Does it have a plastic bag?
得斯 一特 黑夫 ㄜ 不來司踢課 背格
這個有包含塑膠袋嗎？

B : Yes, of course.
夜司 歐夫 寇斯
有，當然有！

A : Do you have any cold drink?
賭 優 黑夫 安尼 寇得 朱因克
你有賣冷飲嗎？

B : Yes.
夜司
有啊！

Yes!

夜司

太好了！

深入分析：

若用加強語氣加上肢體動作（例如拉弓、雀躍等的動作），可以表示自我讚賞或激勵的意思。

應用會話：

A : Bingo! How did you know?

冰購　好　低　優　弄

答對了！你怎麼會知道？

B : Yes! I just knew it.

夜司 愛 賈斯特 紐 一特

太好了！我就是知道！

A : Let's take a break.

辣資　坦克 ㄜ 不來客

我們休息一下。

B : Yes!

夜司

太好了！

Yes?
夜司
請說！

深入分析：

yes 除了表示「答應」之外，也可以代表「請繼續說」的意思，通常使用疑問句語氣，表示「請說」的詢問意思。

應用會話：

A : Excuse me.
ㄟ克斯Q斯 密
請問一下！

B : Yes?
夜司
請說！

A : Hi, David. Got a minute now?
嗨 大衛 咖ㄜ 咪逆特 惱
嗨，大衛，現在有空嗎？

B : Yes?
夜司
請說！

No.
弄
不可以！

深入分析：

若是要拒絕或反對，就可以堅定地回應"No!"，也可以是否定的回應。

應用會話：

A : Can I go swimming?
肯 愛 購 司溫命引
我可以去游泳嗎？

B : No, you can't.
弄 優 肯特
不行，不可以！

A : Did anybody call today?
低 安尼八弟 摳 特得
今天有人打電話來嗎？

B : No.
弄
沒有！

Oh, no!

喔　弄

喔！不會吧！

深入分析：

no **也適用在令人難以接受的情境中，類似中文的「不會吧！」或「我不相信！」**

應用會話：

A : I had a car accident last night.
愛 黑的 ㄜ 卡　A色等的　賴斯特 耐特
我昨晚發生車禍了。

B : Oh, no!
喔　弄
喔！不會吧！

A : Sorry, that's all we have.
蒐瑞　類茲　歐 屋依 黑夫
抱歉，我們只有這些。

B : Oh, no!
喔　弄
喔！不會吧！

Correct!

可瑞特

正確！

深入分析：

同樣可以當成回應的語句，是強調對方所言是「正確無誤」的意思。

應用會話：

A : I think this is the answer.

愛 施恩客 利斯 意思 勒 安色

我覺得這就是答案。

B : Correct!

可瑞特

正確！

A : Maybe you need a blue shirt, right?

美批 優 尼的 ㄜ 不魯 秀得 軟特

也許你需要藍色襯衫，對吧？

B : Correct!

可瑞特

正確！

Bingo!
冰購
你答對了！

深入分析：

Bingo 原是一種「賓果」遊戲的名稱，後來衍生在公布正確結果的呼喊回應，表示「答對」或「中獎」的意思。

應用會話：

A : I know the answer! It's an apple!
愛 弄 勒 安色 依次 恩 ㄝ婆
我知道答案，是蘋果。

B : Bingo!
冰購
你答對了！

A : Maybe we can try another way.
美批 屋依 肯 踹 安娜餌 位
也許我們可以試其他方式。

B : Bingo!
冰購
就是這樣！

OK ?

OK

好嗎？

深入分析：

可以用 "OK?" 的疑問語氣，確認對方是否同意，例如好不好、可不可以、願不願意 . . . 等的情境中。

應用會話：

A : OK?

OK

好嗎？

B : No problem

弄　撲拉本

沒問題！

A : Shit! I totally forgot it.

序特　愛　偷頭裡　佛咖　一特

糟糕！我完全忘記了！

B : Calm down. OK?

康母　黨　OK

冷靜點！好嗎？

Right ?
軟特
對嗎？

深入分析：

若希望得到對方肯定的回覆，就可以問問對方："Right?" 表示「對嗎？」「是嗎？」

應用會話：

A : Right?
軟特
對嗎？

B : No, I don't think so.
弄 愛 動特 施恩客 蒐
不，我不這麼認為！

A : You didn't mean it. Right?
優 低等 密 一特 軟特
你不是這個意思。對嗎？

B : So what?
蒐 華特
那又怎麼樣？

Exactly.

一日特里

的確是！

深入分析：

若回應的答案是「正確的」、「精準的」，就可以說"Exactly."表示「的確是如此」的意思。

應用會話：

A：Do you mean I can go now?

賭 優 密 愛 肯 購 惱

你的意思是我現在可以去了嗎？

B：Exactly.

一日特里

的確是！

A：Are you seeing someone?

阿 優 吸引 桑萬

你是不是有交往的對象？

B：Exactly.

一日特里

的確是！

Absolutely.

A 破色路特裡
當然好！

深入分析：

absolutely 可以使用在回應情境，表示「當然好！」，類似 sure 或 of course 的意思，帶有極度肯定之意。

應用會話：

A : Can I use your phone?
肯 愛 又司 幼兒 封
我可以借用你的電話嗎？

B : Absolutely.
A 破色路特裡
當然好！

A : Are you serious about it?
阿 優 西瑞耳司 爺寶兒 一特
你對這件事是認真的嗎？

B : Absolutely.
A 破色路特裡
當然是啊！

Sorry.

蒐瑞
抱歉！

深入分析：

當你要向對方致歉時，最簡單、最口語化的用法便是 "Sorry!"

應用會話：

A : Sorry.
蒐瑞
抱歉！

B : It's OK.
依次 OK
沒關係！

A : My God! Why did you do that?
嵬 咖的 壞 低 優 賭 類
我的天啊！你為什麼這麼做？

B : Sorry.
蒐瑞
抱歉！

123

Thanks.
山克斯
謝謝！

深入分析：

要表達謝意的最簡單用語是 "Thanks"，後面加 s 是為了表達「很多感謝之情」的意思。

應用會話：

A : Here you are.
厂一爾 優　阿
這個給你！

B : Thanks.
山克斯
謝謝！

A : Come on, let me buy you a drink.
康　忘 勒 密 百　優 ㄜ 朱因克
走吧！我請你喝一杯！

B : Thanks.
山克斯
謝謝！

Please ?
普利斯
拜託啦！

深入分析：

please 單獨使用在疑問、哀求語氣時，表示「請求」、「拜託！」的意味。

應用會話：

A : Please?
普利斯
拜託啦！

B : We'll see.
屋依我 吸
再說吧！

A : Please! I need to take a break.
普利斯 愛 尼的 兔 坦克 ㄜ 不來客
拜託！我需要休息一下！

B : Go ahead.
購 耳黑的
去吧！

124

Please.
普利斯
麻煩你了！

深入分析：

當你接受或應允對方提供你的服務時，除了說 "yes" 之外，也可以直接說 "Please." 表示「麻煩你了！」的意思。

應用會話：

A : You want sugar and cream with your coffee?
優 忘特 休葛 安 苦寧姆 位斯 幼兒 咖啡
你的咖啡裡要加糖和奶精嗎？

B : Please.
普利斯
麻煩你了！

A : Coffee, please.
咖啡 普利斯
請給我咖啡。

B : Right away.
軟特 ㄟ為
馬上來！

Help.
黑耳ㄆ
救命啊！

深入分析：

help 是「幫助」的意思，若用在情況危急的情境中，則是呼喊「救命啊！」的意思。

應用會話：

A : Help.
黑耳ㄆ
救命啊！

B : Just calm down, madam
賈斯特 康母 黨 妹登
女士，冷靜一點！

A : Help.
黑耳ㄆ
救命啊！

B : May I help you?
美 愛 黑耳ㄆ 優
需要我幫忙嗎？

Hello.

哈囉

你好！

深入分析：

Hello 幾乎已經是全球共通的語言了，不論走到哪裡、彼此認不認識都適合在打招呼時説一聲 "Hello！"。

應用會話：

A : Hello.
哈囉
你好！

B : Hello yourself.
哈囉 幼兒塞兒夫
你好！

A : Hello.
哈囉
你好！

B : David? When are you going home?
大衛 昏 阿 優 勾引 厚
大衛？你什麼時候要回家？

Hello?

哈囉
有人在嗎？

深入分析：

hello 可以是打招呼表示「你好」，也適用在當成呼喊或發出聲詢問，以引起他人注意或是提醒他人注意聽的情境中。

應用會話：

A : Hello?
哈囉
有人嗎？

B : What can I do for you, sir?
華特 肯 愛 賭 佛 優 捨
先生，有什麼需要我效勞的嗎？

A : Hello?
哈囉
喂！

B : Sorry, what did you just say?
蒐瑞 華特 低 優 賈斯特 塞
抱歉，你剛剛說什麼？

Hello ?

哈囉
喂？

深入分析：

"Hello?" 也可以是電話用語，和中文的「喂！」一樣，也是接電話的問候用語。

應用會話：

A : Hello?
哈囉
喂？

B : David, it's Susan.
大衛 依次 蘇森
大衛，我是蘇珊。

A : Hello?
哈囉
喂？

B : Hi. May I speak to David?
嗨 美 愛 司批客 兔 大衛
嗨！我能和大衛講電話嗎？

Hey.
嘿
就是你！

深入分析：

用驚訝、疑問、喜悅的驚嘆語說hey，是喚起對方注意，類似中文的「嗨」、「喂」。也可以在後面加上 you，表示直指對方的意思，但是屬於較不禮貌的招呼語。

應用會話：

A : Hey.
嘿
就是你！

B : What's up?
華資 阿鋪
什麼事？

A : Hey, you.
嘿 優
嘿，就是你！

B : How may I help you?
好 美 愛 黑耳ㄆ 優
需要我的協助嗎？

Good.
估的
不錯！

深入分析：

good 是讚美、肯定的意味，適用於所有的人事物等。全文可以說"It's good."，也適用在我很好的情境中："I am good."。

應用會話：

A : What do you think of my report?
華特 賭 優 施恩客 歐夫 買 蕊破特
你覺得我的報告怎麼樣？

B : Good.
估的
不錯！

A : How do you like it?
好 賭 優 賴克 一特
你喜歡這個嗎？

B : Good.
估的
不錯！

Fine.
凡
我很好！

深入分析：

若要回應問候語，除了 good 之外，另一種同樣意思的說法是 "Fine." 也表示「很好」的意思。

應用會話：

A : How are you?
好 阿 優
你好嗎？

B : Fine.
凡
不錯！

A : How do you feel now?
好 賭 優 非兒 惱
你現在覺得如何？

B : Fine.
凡
不錯！

Fine.
凡
好！

深入分析：

fine **也可以使用在「瞭解」的情境中。例如對方提出他的解決方法，若你認同或首肯，就可以說** "Fine."。

應用會話：

A : We can deliver it to you tomorrow.
屋依 肯 低裡沒 一特 兔 優 特媽樓
我們明天可以送貨給你。

B : Fine.
凡
好！

A : You can use this one if you want.
優 肯 又司 利斯 萬 一幅 優 忘特
假如你願意的話，你可以使用這個。

B : Fine.
凡
好！

Wonderful.

王得佛

太好了！

深入分析：

若要讚美，就非常適合說"Wonderful."，類似中文的「太棒了」、「太好了」的意思。

應用會話：

A : Check it out.

切客 一特 凹特

你看！

B : Wonderful

王得佛

太好了！

A : I can do it by myself.

愛 肯 賭 一特 百 買塞兒夫

我可以自己來。

B : Wonderful.

王得佛

太好了！

129

Cool！
酷喔
酷斃了！

深入分析：

cool 是指溫度「冷的」，但也有另一種意思，表示一種崇拜式的「很棒」，類似中文「酷！」的年輕化非正式用語。

應用會話：

A : What do you think of it?
華特 賭 優 施恩客 歐夫 一特
你覺得怎麼樣？

B : Cool!
酷喔
酷斃了！

A : How do you like it so far?
好 賭 優 賴克 一特 蒐 罰
目前為止你覺得如何？

B : Cool!
酷喔
酷斃了！

Beautiful.

逼丟佛

不錯喔！

深入分析：

一般來說，beautiful 是形容「漂亮的」，但也可以適用在各種事物的「漂亮的」、「好看的」、「不錯」的情境中。

應用會話：

A : What do you think of my dress?
華特 賭 優 施恩客 歐夫 買 吹斯
你喜歡我的衣服嗎？

B : Beautiful.
逼丟佛
不錯喔！

A : Check this out!
切客 利斯 凹特
你看！

B : Beautiful.
逼丟佛
不錯喔！

Terrible.

太蘿蔔
太糟糕了！

深入分析：

凡是糟糕、可怕、令人不悅、令人驚恐的人事物的情境時，都可以用 terrible 來表達。

應用會話：

A : Well? What do you think of it?
威爾 華特 賭 優 施恩客 歐夫 一特
怎麼樣？你覺得如何？

B : Terrible.
太蘿蔔
太糟糕了！

A : I got fired.
愛 咖 凡爾的
我被炒魷魚了。

B : Terrible.
太蘿蔔
太糟糕了！

Sucks.

薩客司

糟透了！

深入分析：

suck 可以用來形容人事物的「糟糕」的意思，在中文翻譯中也可以解讀為「爛透了」、「遜斃了」的意思。

應用會話：

A : What do you think of the movie?

華特 賭 優 施恩客 歐夫 勒 母米

你覺得這部電影好看嗎？

B : Sucks.

薩客司

糟透了！

A : How is your date?

好 意思 幼兒 得特

你的約會如何啦？

B : Sucks.

薩客司

糟透了！

Funny.

放泥
好玩喔！

深入分析：

funny 是指「有趣味的」、「好玩的」，是形容一種值得玩味、有趣的意思。

應用會話：

A : This is how we made it.
利斯 意思 好 屋依 妹得 一特
我們就是這麼做的。

B : Funny.
放泥
有趣喔！

A : We plan to stay here for one more week.
屋依 不蘭 兔 斯得 ㄏ一爾 佛 萬 摩爾 屋一克
我們計劃在這裡再多停留一個星期。

B : Funny.
放泥
好玩喔！

Interesting.

因雀斯聽

有趣喔！

深入分析：

和上述 funny 的用法很類似，interesting 也是指「有趣」的意思，可以是形容人、事或物的對象。

應用會話：

A : Interesting.
因雀斯聽
有趣喔！

B : No, it's terrible!
弄　依次　太蘿蔔
不會，是可怕！

A : Listen, we've got other things to do.
樂身　為夫　咖　阿樂　性斯　兔 賭
聽好，我們還有其他的事要做。

B : Interesting.
因雀斯聽
有趣喔！

Impressive！
引瀑來司夫
令人印象深刻耶！

深入分析：

impressive 是指「印象深刻的」，可以適用在當聽到某件事時令人感到無法忘懷的隨口反應。

應用會話：

A：Impressive!
引瀑來司夫
令人印象深刻耶！

B：Good. I'm glad you like it.
估的 愛門 葛雷得 優 賴克 一特
太好了！我很高興你喜歡！

A：We had ten day's travel by train.
屋依 黑的 天 得斯 吹佛 百 春安
我們乘火車旅行了十天。

B：Impressive!
引瀑來司夫
令人印象深刻耶！

Amazing.

阿妹日

令人感到驚訝！

深入分析：

若是要形容「令人感到驚訝」，那麼就很適合用 "Amazing." 形容，表示「不可思議」、「真令人訝異」的意思。

應用會話：

A : I don't really know how they made it.

愛 動特 瑞兒裡 弄 好 勒 妹得 一特

我真是不知道他們怎麼辦到的！

B : Amazing.

阿妹日

令人感到驚訝！

A : He donated a large sum of money.

ㄏ一 多奶踢的 ㄜ 辣居 散 歐夫 曼尼

他捐助了一大筆錢。

B : Amazing.

阿妹日

令人感到驚訝！

Unbelievable.
安逼力福伯
真令人不敢相信！

深入分析：

聽聞某件令人不敢相信的事時，就可以驚訝地說 "Unbelievable."。

應用會話：

A : He didn't make it.
厂一 低等 妹克 一特
他失敗了！

B : Unbelievable.
安逼力福伯
真令人不敢相信！

A : The cake tempts my appetite.
勒 K客 坦婆斯 買 阿婆太的
那塊蛋糕引起我的食欲。

B : Unbelievable.
安逼力福伯
真令人不敢相信！

Pathetic !

ㄆ捨踢嗑
真是悲哀！

深入分析：

對於人或事的悲哀，則可以用"pathetic"來形容，表示「真是可悲！」除了憐憫之外，也有輕蔑、看不起的意思。

應用會話：

A : Pathetic!
ㄆ捨踢嗑
真是悲哀！

B : It's none of your business.
依次　那　歐夫　幼兒　逼斯泥斯
不關你的事！

A : His friend tempted him to drink heavily.
ㄏ一斯　富懶得　坦婆的　恨　免　朱因克　黑肥裡
他的朋友引誘他酗酒。

B : Pathetic!
ㄆ捨踢嗑
真是悲哀！

Surprise!

色鋪來斯
給你一個驚喜！

深入分析：

要給對方一個驚喜時，就適合當對方發現驚喜時，你就可以大聲喊出："Surprise!"

應用會話：

A : Surprise!
色鋪來斯
給你一個驚喜！

B : Wow! What is this for?
哇 華特 意思 利斯 佛
哇！這是幹什麼的？

A : Hello?
哈囉
有人在嗎？

B : Surprise!
色鋪來斯
給你一個驚喜！

Says who ?
塞斯　　乎
誰說的？

深入分析：

當聽聞某件事，可以向對方質問消息來源來自哪裡，通常表示你不相信此事。

應用會話：

A : She won't come back.
需　甕　　康　貝克
她不會回來了！

B : Says who?
塞斯　　乎
誰說的？

A : Says who?
塞斯　　乎
誰說的？

B : David.
大衛
是大衛。

Congratulations !

康鬼居勒訓斯
恭喜！

深入分析：

只要是喜事，都可以向對方道聲「恭喜」，英文就叫做"Congratulations!"，記得字尾要加s，表示很多恭喜的意思。

應用會話：

A : I passed the math exam.
愛 怕斯的 勒 賣師 一任
我通過數學考試了！

B : Congratulations.
康鬼居勒訓斯
恭喜！

A : The baby weighed six pounds at birth.
勒 卑疪 位的 撕一撕 胖斯 ㄟ 伯師
寶寶出生時重六磅。

B : Congratulations.
康鬼居勒訓斯
恭喜！

Toast.

頭司特

乾杯！

深入分析：

當有事情值得舉杯慶祝時，就可以舉杯大聲說 "Toast."，表示「乾杯慶祝」的意思！

應用會話：

A : Let's toast.
辣資 頭司特
我們來乾杯！

B : Toast.
頭司特
乾杯！

A : To my elder brother.
兔 買 愛兒的 不阿得兒
舉杯向我的大哥致敬。

B : Toast.
頭司特
乾杯！

Speaking.

司批慶

我就是本人！

深入分析：

告訴來電者你是受話方本人，**就可以直接說 "Speaking."，不論男女都適用。**

應用會話：

A : May I speak to Mr. Smith?
美 愛 司批客 兔 密斯特 史密斯
我要和史密斯先生講電話。

B : Speaking.
司批慶
我就是！

A : Is Chris in the office now?
意思 苦李斯 引 勒 歐肥斯 惱
克里斯現在在辦公室裡嗎？

B : Speaking.
司批慶
我就是本人！

Anything ?

安尼性

有發現什麼嗎？

深入分析：

用疑問語氣問 "Anything?" 時，**表示想要探詢對方「是否有什麼發現」的意思。**

應用會話：

A : Anything?
安尼性
有發現什麼嗎？

B : Nothing.
那性
什麼都沒有！

A : Anything?
安尼性
有發現什麼嗎？

B : Yeah, take a look at this.
訝 坦克 ㄜ 路克 ㄟ 利斯
有啊！你看看！

137

Nothing.
那性
什麼都沒有！

深入分析：

nothing **是指「空無一物」的意思，以此延伸「沒有」的意境。**

應用會話：

A : What the hell did you do?
華特 勒 害耳 低 優 賭
你搞什麼飛機？

B : Nothing.
那性
什麼都沒有！

A : Did you find something you like?
低 優 煩的 桑性 優 賴克
有找到喜歡的東西了嗎？

B : Nothing.
那性
什麼都沒有！

Quiet.
拐せ特
安靜點！

深入分析：

可以請吵鬧者"Quiet."，也就是「安靜一點」的意思，語氣通常會顯得有一點命令或不耐煩。

應用會話：

A：Quiet.
拐せ特
安靜點！

B：OK, Mrs. Smith.
OK 密斯一絲 史密斯
好的，史密斯太太！

A：Hey, you. Come on, look at me.
嘿 優 康 忘 路克ㄟ 密
喂，你啦！快一點，看看我這裡！

B：Quiet.
拐せ特
安靜點！

Cheese!
起司
笑一個！

深入分析：

拍照者可以要求被拍照者，在按下快門那一刻唸 cheese，以露出微笑的表情。

應用會話：

A : Would you take a picture for us?
屋 揪 坦克 ㄜ 披丘 佛 惡斯
可以幫我們拍照嗎？

B : Sure. Cheese!
秀 起司
好！笑一個！

A : Please!
普利斯
麻煩你！

B : Cheese!
起司
笑一個！

Now！

惱

就是現在！

深入分析：

若用堅定的語氣說"Now!"，強調時間點是「現在」、「馬上」，則帶有一點「不要囉唆、馬上…」的意思。

應用會話：

A：But I have to ...

霸特 愛 黑夫 兔

可是我得要…

B：Get rid of it. Now!

給特 瑞的 歐夫 一特 惱

擺脫它！現在就去做！

A：When can I ...?

昏 肯 愛

我什麼時候可以…？

B：Now!

惱

就趁現在！

Hurry!
喝瑞
快一點！

深入分析：

要催促某人動作快一點的話，就可以直接說 "Hurry!"

應用會話：

A : Hurry!
喝瑞
快一點！

A : Why me?
壞 密
為什麼是我？

A : Hurry!
喝瑞
快一點！

B : But I'm not ready.
霸特 愛門 那 瑞底
可是我還沒準備好啊！

Wait.

位特

等一下！

深入分析：

wait是「等待」，但若用作警告用語，則表示當發現事有蹊蹺時，大家先停下目前手邊正在做的事。

應用會話：

A：Wait.

位特

等一下！

B：What? What did you see?

華特　華特 低 優 吸

什麼？你看見什麼了？

A：Let me clarify this once more.

勒 密 卡裡瑞肥 利斯 萬斯 摩爾

讓我再說明一次。

B：Wait.

位特

等一下！

Really ?
瑞兒裡
真的嗎?

深入分析:

當聽聞某消息卻又不確定真實性時,就可以用 "Really?" 來表達懷疑,並希望對方告訴你真相!

應用會話:

A : Did you hear that he was back?
低 優 厂一爾 類 厂一 瓦雌 貝克
你有聽說他回去了嗎?

B : Really?
瑞兒裡
真的嗎?

A : In a word, his suggestion is great.
引 ㄜ 臥的 厂一斯 設街斯訓 意思 鬼雷特
總之他的建議不錯。

B : Really?
瑞兒裡
真的嗎?

Maybe.

美批

有可能！

深入分析：

當不確定事情的真相，又不得不附和時，就可以是說"Maybe."表示「有可能」，表示你自己也不太確定的意思。

應用會話：

A : Is there any possibility he is gone?

意思 淚兒 安尼 怕色逼落踢 ㄏ一 意思 槓

有沒有可能他已經走了？

B : Maybe.

美批

有可能！

A : He is useless. Right?

ㄏ一 意思 又司理司 軟特

他毫無用處，對吧？

B : Maybe.

美批

有可能！

Could be.

苦　　逼

有可能！

深入分析：

另一個和 maybe 很類似的說法則是 "Could be." 也是表示「有可能」的意味。

應用會話：

A : Did he do this?

低　厂一　賭　利斯

這是他做的嗎？

B : Could be.

苦　　逼

有可能！

A : Is it as far as the park?

意思　一特　ㄟ斯　罰　ㄟ斯　勒　怕課

有到公園這麼遠嗎？

B : Could be.

苦　　逼

有可能！

Seriously.

西瑞耳司裡

真的！

深入分析：

serious是形容詞「嚴肅的」，seriously則是副詞「嚴肅地」、「當真地」，適用在你要表明自己是嚴肅看待此事的立場。

應用會話：

A : Do you mean it?

賭 優 密 一特

你是認真的嗎？

B : Seriously.

西瑞耳司裡

是真的！

A : No, thanks. I don't need it.

弄 山克斯 愛 動特 尼的 一特

不用，謝謝！我不需要。

B : Seriously?

西瑞耳司裡

是真的嗎？

Such as ?

薩區　　ㄟ斯
例如什麼？

深入分析：

such as 是「舉例」的意思，用疑問句語氣是表示要求對方能舉例的意思。

應用會話：

A : You'd share it with us. Right?
優的　雪兒 一特 位斯 惡斯　軟特
你會和我們分享，對嗎？

B : Such as?
薩區 ㄟ斯
例如什麼東西？

A : I've got plans.
愛夫　咖 不蘭斯
我已經有打算了！

B : Such as?
薩區 ㄟ斯
例如什麼？

Anyway ...
安尼位
總之啊…

深入分析：

要為某個言論下結論時，非常適合用 anyway 做提示語，表示「總之…」，後面再接你的結論。也可以表示「不管如何…」、「不必在意…」的意思。

應用會話：

A：Anyway...
安尼位
總之啊…

B：What are you trying to say?
華特 阿 優 踹引 兔 塞
你想說什麼？

A：We must figure out a way to solve it.
屋依 妹司特 非葛 凹特 ㄜ 位 兔 殺夫 一特
我們必須想出解決這個問題的方法。

B：Anyway... I quit.
安尼位 愛 魁特
不管如何…我退出！

Sir.

捨

先生！

深入分析：

在正式的場合，又不認識對方的情況下，可以用 sir 尊稱男性的對方，類似中文的「先生」。

應用會話：

A : Sir.
捨
先生！

B : Yes?
夜司
有事嗎？

A : Excuse me.
ㄟ克斯Q斯 密
請問一下

B : Yes, sir?
夜司 捨
先生，有事嗎？

Madam.
妹登
女士！

深入分析：

在正式場合要稱呼不認識的年長女性，不論已婚或未婚，都可以用 madam 尊稱對方。

應用會話：

A：Madam.
妹登
女士！

B：Yes?
夜司
有事嗎？

A：Good morning, madam.
估 摸寧 妹登
女士，早安。

B：Good morning, David.
估 摸寧 大衛
大衛，早安。

Buddy.

八地

兄弟!

深入分析:

若是一般男性朋友之間,都可以用 buddy 來稱呼,也藉此表示彼此之間就像兄弟般熟稔。

應用會話:

A : Buddy.
八地
兄弟!

B : David! Good to see you!
大衛 估的 兔 吸 優
大衛!真高興見到你!

A : Buddy, let me check it for you.
八地 勒 密 切客 一特 佛 優
兄弟!我來幫你確認。

B : Maybe later. Thank you.
美批 淚特 山 揪兒
晚一點好了!謝謝。

Guys.

蓋斯

嘿，你們大家好！

深入分析：

當面對一大群人，而群體中有男有女，就可以稱呼大家為 guys，屬非正式場合用語。

應用會話：

A : Hey, guys.

嘿　蓋斯

嘿，你們大家好！

B : Young lady! Are you alone?

羊　類蒂　阿　優　A弄

年輕小姐！妳自己一個人嗎？

A : Guys.

蓋斯

大家好！

B : You look upset. What happened?

優　路克　阿鋪塞特　華特　黑噴的

你看起來很沮喪喔！怎麼啦？

145

Gentlemen.

尖頭慢
各位先生！

深入分析：

而正式場合稱呼男性的用語則是 gentlemen，是適用於二人以上的複數男性，有尊稱對方的意味，不論認不認識對方均適用。若是尊稱一位男性，則是 gentleman。

應用會話：

A：Gentlemen.
尖頭慢
各位先生！

B：Yes?
夜司
有事嗎？

A：Gentlemen, what's wrong?
尖頭慢　華資　弄
各位先生！發生什麼事了？

B：They are in a bad mood today.
勒　阿 引 ㄜ 貝特 木的　特得
他們今天的心情不好。

Ladies.

類蒂斯

各位女士！

深入分析：

和上述的 gentlemen 是用法相同的反義詞，ladies 適用在尊稱女性群體，不論是已婚、未婚、年紀輕或年長者均適用。

應用會話：

A : It's not my fault.

依次 那 買 佛特

不是我的錯。

B : No. It wasn't me.

弄 一特 瓦認 密

不，不是我！

C : Ladies, please be quiet.

類蒂斯 普利斯 逼 拐ㄝ特

各位女士！請安靜！

A : Ladies, this way.

類蒂斯 利斯 位

各位女士，這邊請！

B : Yeah, sure.

訝 秀

好啊！

Young man.

羊　　賣せ

年輕人！

深入分析：

若是稱呼對象為年輕男性，則可以稱呼對方為 young man，也就是中文「年輕人」的意思，也是單數用法，若是多數男性，則為 young men，非正式場合適用。

應用會話：

A : Young man.
羊　　賣せ
年輕人！

B : What can I do for you, sir?
華特　肯 愛 賭 佛　優　捨
先生，有什麼需要我幫忙的嗎？

A : Young man, what happened?
羊　　賣せ　華特　　黑噴的
年輕人，發生什麼事了？

B : I screwed it up.
愛 思古露的 一特 阿鋪
我把事情搞砸了。

Young lady.
羊　　　類蒂
漂亮小姐！

深入分析：

若稱呼對象為年輕女性，中文通常會說「小姐」，英文則可以說 young lady，或是說 young girl，前者屬於正式場合適用。

應用會話：

A：Young lady, you know what?
羊　類蒂　優　弄　華特
年輕女孩，妳知道嗎？

B：I'm listening.
愛門　樂身因
說吧，我正在聽！

A：Young lady, allow me.
羊　類蒂　阿樓　密
年輕女孩，我來幫你吧！

B：I really appreciate your help.
愛　瑞兒裡　A 鋪西ㄟ特　幼兒　黑耳ㄆ
謝謝您的幫助。

147

Me？
密
是我嗎？

深入分析：

國人常常分不清me和I的用法，I是一個句子的主詞，表示「我…」，而me則是「是我嗎？」「我嗎？」的情境。

應用會話：

A：Can't you do it by yourself?
肯特 優 賭 一特 拜 幼兒塞兒夫
你不能靠自己去做嗎？

B：Me?
密
你是在說我嗎？

A：Hey, you!
嘿 優
喂，就是你！

B：Me?
密
你是在說我嗎？

Stop.
司踏不
住手！

深入分析：

適用於阻止的情境，可以用 stop 這個字眼，表示「住手」或「停止目前這一切」的意思。

應用會話：

A：Stop.
司踏不
住手！

B：Who do you think you are?
乎 賭 優 施恩客 優 阿
你以為自己是誰啊？

A：Give it back to me.
寄 一特 貝克 兔 密
還給我！

B：Stop.
司踏不
你住手！

148

Enough.

A 那夫

夠了！

深入分析：

要求對方停止目前的言論或行為，除了 stop 之外，你也可以說 "Enough."，表示「我受夠了這一切了！」

應用會話：

A : David bit me.

大衛 畢特 密

大衛咬我。

B : But he took my toys first.

霸特 ㄏㄧ 兔克 買 頭乙斯 福斯特

但是是他先拿我的玩具！

C : Enough!

A 那夫

夠了！

Easy.
一日
放輕鬆！

深入分析：

若要安撫對方，就可以用溫柔、穩定的語氣告訴對方 "Easy."，表示「放輕鬆」、「不要緊張」的意思。

應用會話：

A : I can't believe what he did to me.
愛 肯特 逼力福 華特 ㄏ一 低 兔 密
我真是不敢相信他對我所做的事！

B : Easy.
一日
放輕鬆！

A : They didn't treat me like a friend.
勒 低等 楚一特 密 賴克 ㄜ 富懶得
他們不把我當朋友看。

B : Easy.
一日
放輕鬆點！

Coming.

康密因

我來囉！

深入分析：

回應呼喚你的對話方，表示你就要出現或馬上就要過去了的意思。

應用會話：

A : Sweet heart?

司威特　哈特

親愛的，你在哪裡？

B : Coming.

康密因

我來囉！

A : Hello?

哈囉

有人嗎？

B : Coming.

康密因

我來囉！

Over here.
歐佛　　厂一爾
在這裡！

深入分析：

回應對方的呼喚，表示自己人在這裡，就可以說 "Over here."！

應用會話：

A : Hello?
哈囉
有人在嗎？

B : Over here.
歐佛　厂一爾
我人在這裡！

A : Is there anyone here who speaks English?
意思　淚兒　安尼萬　厂一爾　乎　司批客斯　因葛立緒
這裡有人會講英文嗎？

B : Over here.
歐佛　厂一爾
在這裡！

Again？
愛乾
又發生了？

深入分析：

當事情不斷重演，就可以適用 again 疑問語氣，表示不理解又發生了這件事的意思。

應用會話：

A : He pushed me.
厂一 不需的 密
他推我。

B : Again?
愛乾
又發生這事了？

A : It doesn't work.
一特 得任 臥克
沒有用的！

B : Again?
愛乾
又發生這事了？

My God.
買　　咖的
我的天啊！

深入分析：

發生令人驚訝的事情時，中文常常會說「我的老天爺」或「天啊！」英文就叫做"My God!"

應用會話：

A：My God
買　咖的
我的天啊！

B：Come on, it's nothing.
康　忘　依次　那性
沒關係，沒事的！

A：He admitted his guilt.
ㄏ一　阿的密踢的　ㄏ一斯　機爾特
他承認自己的罪狀。

B：My God.
買　咖的
我的天啊！

151

Gee.
基
天啊！

深入分析：

訝異地說不出話時，則可以說"Gee."，也有「天啊！」的意思。

應用會話：

A : He's got a very high temperature.
厂一斯 咖 ㄜ 肥瑞 嗨 貪婆求
他發高燒了！

B : Gee.
基
天啊！

A : You'll never believe what I did.
優我 耐摩 逼力福 華特 愛 低
你不會相信我做了什麼事。

B : Gee.
基
天啊！

Happy ?
黑皮
你高興了吧！

深入分析：

若是用疑問語氣問"Happy?"則通常不是問對方是否高興，而是表示諷刺、不認同，類似中文會說的「這下子你高興了吧！」

應用會話：

A : Happy?
黑皮
你高興了吧！

B : No, I'm not. How could you say that?
弄 愛門 那 好 苦 揪兒 塞 類
沒有！我完全不會！你怎麼可以這麼說！

A : I doubt that he'll come.
愛 套特 類 厂一我 康
我懷疑他是否會來。

B : Happy?
黑皮
你高興了吧！

Ready.
瑞底
準備好了！

深入分析：

ready 是指「準備好了」的意思，表示一切都已就緒的意思。

應用會話：

A : Are you ready?
阿　優　瑞底
準備好了嗎？

B : Ready.
瑞底
準備好了！

A : Ready or not?
瑞底　歐　那
準備好了嗎？

B : Ready.
瑞底
準備好了！

Clear?

克里兒

清楚了嗎？

深入分析：

詢問對方是否瞭解最常見的說法是"Clear?"，表示「是否清楚？」的意思。

應用會話：

A：How shall I do it?

好 修愛賭一特

我應該怎麼做？

B：Let me show you. Clear?

勒密 秀 優 克里兒

我示範給你看。清楚了嗎？

A：Clear?

克里兒

清楚了嗎？

B：I understand what you meant.

愛 骯得史丹 華特 優 密特

我瞭解你的意思。

You?
優
你呢？

深入分析：

想要知道對方對於同樣問題的回應，就可以詢問 "You?"，表示「那你的狀況是怎樣呢？」或是要強調是對方的意思。

應用會話：

A : Hey, David, how are you doing?
嘿　大衛　好 阿 優 督引
嘿，大衛，你好嗎？

B : Great. You?
鬼雷特　優
很好！你呢？

A : You?
優
是你？

B : Yeah, it's me.
訝　依次 密
對，就是我！

Go ahead.

購　耳黑的

去做吧！

深入分析：

具有「繼續某種言行」的鼓勵作用，也有「允許」的意思。

應用會話：

A : May I say something?

美 愛 塞　桑性

我可以說些話嗎？

B : Go ahead.

購　耳黑的

說吧！

A : Can I go to the park?

肯 愛 購 兔 勒　怕課

我可以去公園嗎？

B : Go ahead.

購　耳黑的

去吧！

No way.
弄　位
想都別想！

深入分析：

斷然告訴對方「辦不到」、「不願意」、「不可能」的否定立場。

應用會話：

A : David, would you please...
大衛　屋　揪　普利斯
大衛，可以請你…

B : No way.
弄　位
想都別想！

A : They will try again later.
勒　我　踹　愛乾　淚特
他們稍後會再試一次。

B : No way.
弄　位
想都別想！

Good luck.

估的　　辣克

祝好運！

深入分析：

道別時，希望對方能有好運氣一路相隨時，就可以說 "Good luck."。也可以在 luck 後面加上 "to + someone"，表示「祝某人好運」。

應用會話：

A : Take care.
　坦克 卡耳
　保重。

B : Good luck.
　估的 辣克
　助好運！

A : Good luck to you, David.
　估的 辣克 兔　優　大衛
　大衛，祝你好運！

B : You too! Good-bye!
　優　兔　估的　拜
　你也是！再見！

My pleasure .
買　舖來揪
我的榮幸！

深入分析：

適用在認識新朋友的場合中的客氣回應用語，通常是回應對方先說「很高興能…」的場合。

應用會話：

A : Nice to see you, Mr. Smith.
耐斯 兔 吸 優 密斯特 史密斯
很高興能認識你，史密斯先生。

B : My pleasure.
買　舖來揪
這是我的榮幸！

A : Thank you for everything.
山 揪兒 佛 哀複瑞性
謝謝你為我所做的一切。

B : My pleasure.
買　舖來揪
這是我的榮幸！

Forget it.

佛給特　一特

算了！

深入分析：

forget 表示「忘記」，若要表示「不要放心上」，就可以說 "Forget it."，也有「算了」的放棄意味。

應用會話：

A : But this is my fault.
霸特 利斯 意思 買 佛特
但這是我的錯啊！

B : Forget it.
佛給特 一特
算了！

A : I'm terribly sorry.
愛門 太蘿蔔利 蒐瑞
我非常抱歉！

B : Forget it.
佛給特 一特
算了！

Never mind .

耐摩　　麥得

不用在意！

深入分析：

若要對方不用在意某事件，很常見的說法是"Never mind."。mind 指是指「在意」的意思。

應用會話：

A : I'm terribly sorry.

愛門 太蘿蔔利 蒐瑞

我很抱歉！

B : Never mind.

耐摩　麥得

不用在意！

A : Please forgive me.

普利斯　佛寄　密

請原諒我。

B : Never mind.

耐摩　麥得

不用在意！

May I?
美　　愛
我可以嗎？

深入分析：

禮貌性詢問對方自己能否做某事，通常雙方之間對於你徵詢能否做的事，是有共識，且已經知道是何事的前提。

應用會話：

A : May I?
美　愛
我可以嗎？

B : Go ahead.
購　耳黑的
可以！

A : May I?
美　愛
我可以嗎？

B : No, you may not.
弄　優　美　那
不可以！

雅典嚴選・延伸閱讀

WHAT THE GREAT BOOKS YOU HAVE TO READ

Ok！no problem

你一定要會的基礎對話

（50開）

英文學習在精不在多只要掌握基礎對話，
沒有學不會的英文、沒有接不了的話，
聽到對方說：Excuse me.
自然而然脫口而出：Yes?
人人都可以輕鬆開口飆英文！

連日本人都按讚

生活日語會話

（50開）

生活很簡單
學語言就要從最基本的生活會話開始！
本書依照生活主題編排
讓您融入各種情境，日語輕輕鬆鬆就上手

韓語單字、會話

一本搞定

（50開）

想同時加強韓語會話、充實韓語單字嗎？
本書絕對是您最經濟實惠的選擇！
帶上這小小一本
絕對讓你韓語溝通沒煩惱！！

永續圖書
線上購物網

www.foreverbooks.com.tw

- 加入會員即享活動及會員折扣。
- 每月均有優惠活動，期期不同。
- 新加入會員三天內訂購書籍不限本數金額，即贈送精選書籍一本。（依網站標示為主）

專業圖書發行、書局經銷、圖書出版

永續圖書總代理：
五觀藝術出版社、培育文化、棋茵出版社、達觀出版社、可道書坊、白橡文化、大拓文化、讀品文化、雅典文化、知音人文化、手藝家出版社、璞珅文化、智學堂文化、語言鳥文化

活動期內，永續圖書將保留變更或終止該活動之權利及最終決定權。

國家圖書館出版品預行編目資料

Maybe美比你一定會愛死的"菜英文" / 張瑜凌編著.
-- 初版. -- 新北市 : 雅典文化, 民102.01
面 ; 公分. -- (全民學英文 ; 30)
ISBN 978-986-6282-72-0(平裝附光碟片)
1.英語 2.讀本

805.18 101023546

全民學英文系列 30

Maybe美比你一定會愛死的"菜英文"

編著/張瑜凌
責編/張瑜凌
美術編輯/蕭若辰
封面設計/斐 類

法律顧問：方圓法律事務所/涂成樞律師

總經銷：永續圖書有限公司
永續圖書線上購物網
www.foreverbooks.com.tw

CVS代理/美璟文化有限公司
TEL：(02) 2723-9968
FAX：(02) 2723-9668

出版日/2013年01月

雅典文化

出版社
22103 新北市汐止區大同路三段194號9樓之1
TEL (02) 8647-3663
FAX (02) 8647-3660

版權所有，任何形式之翻印，均屬侵權行為

全民學
英文
30

Maybe美比 你一定會愛死的"菜英文"

雅致風靡　典藏文化

親愛的顧客您好，感謝您購買這本書。即日起，填寫讀者回函卡寄回至本公司，我們每月將抽出一百名回函讀者，寄出精美禮物並享有生日當月購書優惠！想知道更多更即時的消息，歡迎加入"永續圖書粉絲團"
您也可以選擇傳真、掃描或用本公司準備的免郵回函寄回，謝謝。

傳真電話：（02）8647-3660　　電子信箱：yungjiuh@ms45.hinet.net

姓名：　　性別：　□男　□女

出生日期：　年　月　日　電話：

學歷：　　職業：

E-mail：

地址：□□□

從何處購買此書：　　購買金額：　元

購買本書動機：□封面 □書名 □排版 □內容 □作者 □偶然衝動

你對本書的意見：
內容：□滿意□尚可□待改進　編輯：□滿意□尚可□待改進
封面：□滿意□尚可□待改進　定價：□滿意□尚可□待改進

其他建議：

剪下後傳真、掃描或寄回至「22103新北市汐止區大同路3段194號9樓之1雅典文化收」

總經銷：永續圖書有限公司

永續圖書線上購物網

www.foreverbooks.com.tw

您可以使用以下方式將回函寄回。

您的回覆，是我們進步的最大動力，謝謝。

① 使用本公司準備的免郵回函寄回。

② 傳真電話：（02）8647-3660

③ 掃描圖檔寄到電子信箱：

yungjiuh@ms45.hinet.net

沿此線對折後寄回，謝謝。

廣告回信
基隆郵局登記證
基隆廣字第056號

221-03

雅典文化事業有限公司　收

新北市汐止區大同路三段194號9樓之1

雅致風靡　典藏文化

YADAN